梟の好敵手

福田和代

集英社文庫

梟の好敵手

1

「できた！　これでどう？」

薄く目を開けると、鏡の中でにんまりと笑う郷原遥（さとはらはるか）が、熊野筆（くまのふで）のフェイスブラシを振りながら史奈（ふみな）を見ている。

――ついに見なくちゃいけないわけか。

この一時間ほど、目をそむけ続けた自分の顔を、見るべき時が来てしまった。

「――」

「――どう？　気に入らない？」

いつも強気の遥が、微妙に不安そうな表情を浮かべ、史奈の顔を鏡越しに覗（のぞ）き込む。

「いや――」

たしかに、素顔がわからなくなりさえすれば、どんなデザインでもかまわないと言ったのは史奈自身だ。だが――。

「きれいに描いてくれたけど、でも遥――これから試合があるたびに、これを描かなくちゃいけないんだけど」

鏡の中にいる自分を指して、史奈は困惑ぎみに呟いた。

こちらを見返す顔は、目鼻立ちの輪郭以外、自分のものとは思えない。ぱっと見て、連想するのは京劇の臉譜――つまり隈取りだ。京劇に登場する人物の顔には、俊扮と呼ばれるメイクが施される。目元に紅を入れ、アイラインと眉をくっきりと黒で描くものだ。

遥は史奈の顔に俊扮を施した上に、揚羽蝶の図案を、アイマスクのようにさらに塗りこめたのだった。唇には濡れたような朱色の紅を入れ、ぽってりとした厚みを感じさせる。ふだん化粧をしない史奈には、もはや自分の顔とも思えない。

たしかにここまで盛れば、知人が見ても史奈だとは気づかないだろう。遥とはまだ四年そこそこのつきあいだが、彼女が女優「里見はるか」としてめきめき頭角を現しているのも、このメイクの技術を見れば理解できる。

「大丈夫よ！」

遥が力強く、史奈の背中をたたいた。

「試合って四回だけでしょ？　毎回、あたしがメイクしてあげる！」

「遥だって忙しいのに——」

「平気、平気。どうせ史ちゃんたちの試合は、全部見るつもりだったもん」

控室のドアがノックされ、こちらの返事を待たずに、長栖諒一が勢いよくドアを開けた。

「よう！　そろそろ記者会見が始まるぞ。早く来いよ」

そう言った端から、諒一は鏡を見て「おっ」と声を上げて固まった。

「すぐ行く」

史奈は仏頂面で返事をした。

「がんばってきてね！」

遥が笑顔で肩をもむ。緊張を和らげようとしてくれているのだ。

「大丈夫、今日はただの記者会見だから」

史奈は立ち上がり、全身を鏡に映してチェックした。髪はぴたりと後ろに撫でつけて、長い部分はお団子にした。顔は遥のメイクで別人のようだ。ユニフォームは、スポーツ用品メーカーのアテナが、長栖兄妹と史奈のために特別にあつらえてくれた、通気性がよく丈夫なスウェット生地の上下だ。黒地に赤の縁取りという、すっきりとしたデザインだった。どこか、忍びの衣装を彷彿とさせるのは、アテナ創業者一族である諏訪家の意向を反映しているからだろう。

史奈のその姿に気圧(けお)されるように諒一が廊下に後ずさる。

史奈は遥に頷(うなず)きかけ、控室を出た。まもなく、アテナが主催する記者会見が始まる。

『お待たせいたしました、ただいまより、ハイパー・ウラマに参加する株式会社アテナの陸上競技部メンバーを発表します』

会場のアナウンスがここまで聞こえてくる。

行こう、と諒一を急(せ)かして会場に向かうと、途中で長栖容子(ようこ)も合流した。

容子はできばえを点検するように、鋭い視線を史奈の頭のてっぺんからつま先まで走らせ、満足げにかすかに頷いた。

――もう、引き返せない。

あの扉をくぐれば、自分はハイパー・ウラマの参加者だ。

扉の前で、アテナ陸上競技部のマイケル・カーヴァー監督が呼んでいる。

「そろそろだ。行くよ」

『それでは、紹介しましょう。ハイパー・ウラマに参加するメンバーです』

テンポの速いポップスが会場にとどろくなか、アジア陸上競技選手権大会で名を売った諒一が胸を張って席に向かう。史奈は遠慮して最後に入ろうとしたが、容子がトンと史奈の背中を押して、先に入らせた。

まぶしい光に満ちたホールが、ぎっしりと集まった記者団のどよめきで揺れた。フラッシュが焚かれ、シャッター音が耳を聾するばかりだ。

注目を集めるのは〈梟〉の本意ではないが、史奈は平静を装って席につく。四年前の事件でも注目されたが、当時は未成年だったのでマスコミにも遠慮があった。今度はそういうわけにいかない。

記者席の端に、見知った顔がある。四年前に長栖兄妹を独占取材した、方喰というスポーツ新聞の記者だ。目を丸くして、こちらを見つめている。どうやら、史奈だと気づいたようだ。

カーヴァー監督がマイクを握り、挨拶を始める。

「さて、第一回ハイパー・ウラマ世界大会予選の競技日程が発表になりました。一回戦は来週の土曜と決まったそうです」

今日は木曜で、一回戦まで一週間と一日しかない。

「参加予定のチームは十三組だそうです。生まれたばかりの競技なのに、よく集まったなという印象です。アテナからは、三名が参加します。控えは未定です」

三名は最少定員として運営から提示された人数だ。チームによっては、控えの選手を数名おいて不測の事態に備えるようだった。

発表から競技の開始までひと月ないにもかかわらず、これだけのチームが参加を表明したということは、運営側が早くから根回しして参加者を募っていたと考えたほうがいいだろう。

参加資格は特になく、競技の趣旨とルールを理解し、競技中の事故や怪我(けが)については、主催者の責任を問わないという条件を吞(の)むなら、誰でも参加は可能だ。優勝チームには賞金が出る代わり、参加者は決して小さくない金額の参加料を払わなければならない。一部のチームはひょっとすると、競技の内容についても発表前から知らされていた可能性がある。あらかじめルールを知っていれば、戦法を編み出す時間もあっただろう。

「まずは、チームリーダーの長栖諒一」

紹介とともに諒一が立ち上がり、スポーツマンらしい、きびきびした動作で頭を下げる。彼の参加は予定通りだ。

「ふたりめは、長栖諒一の妹で、来年の春からアテナ陸上と契約を結ぶ予定の、長栖容子」

これも予想されていたのか、記者の視線は熱っぽいが、さほどの驚きはない。容子があっさり頭を下げた。

「三人めは、アテナ陸上の所属選手ではありません。本人のたっての希望により、メイクで素顔を隠しての参加となります。競技での登録名は『ルナ』」

史奈は立ち上がり、諒一らに倣って軽く頭を下げた。三人のなかで自分がもっとも注目を集めるだろうとは覚悟している。正体不明の上に、この華やかな蝶形のアイメイクだ。そこまでして正体を隠そうとすることも、好奇心を刺激するだろう。

案の定、再びいっせいにフラッシュが焚かれ、シャッター音が盛んになった。監督が、マイクを持たないほうの手を挙げて、発言のため静粛を求めた。

「あらためて申し上げるまでもありませんが、三人とも試合前にはアンチ・ドーピング機構の定める競技会検査を受けますし、その結果を公表します。アテナ陸上がハイパー・ウラマに参加する理由は、ひとつはドーピングを認める競技運営に対する抵抗です。もうひとつは、先日、長栖諒一が語ったように、ドーピングなどしなくとも日々の練習で勝てることを証明するためです。そのうえで、皆様にお願いがあります」

生真面目なカーヴァー監督の言葉に、記者たちが聞き入っている。

「アテナ陸上の選手たちは、大会の開催期間中、飲食物の差し入れ等はいっさい受け取ることができません。外食もしませんし、申し訳ないですが個別の取材にも応じられません。ドーピングをしないという、皆様との約束を守るためですので、ご配慮をお願いいたします。取材はすべて、アテナ陸上の広報担当を通してください」

Q&Aタイムに入ると、各社が先を争うように手を挙げた。

「ドーピング禁止を守るために外食をせず差し入れを断るということは、部外者が選手たちに禁止薬物等を摂取させようとする可能性があるという意味ですか」

「いっさいの事故が起きないように、予防するという意味です。今日から一か月、三人は他との接触を避けるため合宿に入ります」

監督の回答は慎重だ。だが、差し入れに禁止薬物を故意に混入される可能性を指摘したのは、アテナの創業者一族、諏訪響子（きょうこ）だった。史奈もそれに同意した。

――これは戦だ。

ハイパー・ウラマの運営は、ドーピングを禁止していない。アテナ陸上の選手がドーピングしたところで、出場に何の支障もない。

だが、諒一たち三人は、ドーピングに反対するために、あえてドーピングなしでこの競技に臨むのだ。万が一、他人の悪意が原因だったとしても、禁止薬物を摂取して競技に出場すれば、参加の意味を失う。長栖兄妹の、今後のアスリート生命も危うくなるだろう。

逆に、ハイパー・ウラマ運営の賛同者にしてみれば、アテナ陸上の選手たちに禁止薬物を摂（と）らせることさえできれば、彼らを打ち負かしたも同然なのだ。飲食物でなくともよい。通りすがりに、チクリと針を刺すだけでもいいわけだ。監督をはじめ、チームの関係者はみな、神経を尖（とが）らせている。

競技に参加するのは、シード扱いの海外チームを入れて十三チーム。決勝戦まで十二試合が予定されている。試合は土曜と日曜に組まれる。まだ海外チームのメンバーが公表されていないのは、期待を煽るためかもしれない。

一週めの土日が一回戦で、一日に三試合ずつ組まれている。二週めは日曜に三試合で、それが終われば四強が決まる予定だ。海外チームはいきなり四強入りが決まっていて、あとの十二チームで残る三つの席を争う。

決勝戦は四週め、いまからおよそ一か月後となる。決勝まで順調に勝ち進めば、史奈たちが出場するのは四試合だ。

その間、敵の策略にはまらぬよう、気を引き締めなければならない。

「長栖諒一さんと長栖容子さんはウルトラマラソンでおなじみですが、私たちはルナさんについて何も知りません。そもそも、彼女はどういう経緯でアテナ陸上のチームに参加するのでしょうか」

こげ茶のジャケットを着た中年の記者が尋ねると、会場の記者たちが大きく頷いた。

「ルナにつきましては、私たちから何も申し上げることはありません」

監督が、目に緊張をひそませて応じた。

「個人情報のいっさいを公表しない約束で、彼女は我々のチームに参加しています。彼女がこうした形で競技に参加することについては、ハイパー・ウラマの運営事務局に許可を得ています」

「素朴な疑問なんですが」

先ほどの記者が続ける。

「彼女のメイク――と言うのでしょうか、しっかり顔立ちが隠れているので、もし別人と入れ替わっていても、僕らにはわからないんじゃないかと思うのですが」

監督が微笑(ほほえ)んだ。

「彼女が全試合を通じて同じ人物であることは、チームメイトや私が保証しますが、もし別の人間に入れ替わっていたとしても問題はないというのが、ハイパー・ウラマ運営事務局の見解です。控え選手を用意するチームもありますしね」

「私は、ジェンダーという面で興味深いチームだと考えています。他はすべてが、男性ですよね。アテナ陸上は、三人のうちふたりが女性です。ハイパー・ウラマはそうとう激しい攻撃を許される競技のようですから、女性が多いと不利ではありませんか」

その質問は史奈にとっては予想外だったが、監督には想定の範囲内だったようだ。とっておきの笑顔で、監督は自信たっぷりにマイクを握った。

「その答えは、ぜひとも試合でご覧になってください。バランスの取れた理想的なチームです」

記者たちはまだまだ聞きたいことがあるようだったが、その質疑をもって、会場に記者会見終了のアナウンスが流れた。史奈たちは起立して一礼し、先に会場を出た。三人とも、ひとことも話さなかったが、これもあらかじめ決めた通りだった。声は本人を特定しやすい。だから史奈は黙っているつもりだったが、諒一と容子がマイクを握ると、ルナが話さないことが目立ってしまう。今日は監督ひとりがスポークスマンを務めることで、史奈を守ってくれたのだ。

「ふい〜、終わった！　肩が凝った」

控室に戻ると、諒一がバンザイして首を回した。大人っぽくなったように見えても、諒一は諒一だ。

「方喰さんが来ていた」

容子が冷静に呟き、こちらを見たので、史奈もそれにこたえて頷いた。

「私も見かけた。私だと気づいたみたい」

「えっ、マジで？」

「史奈、心配いらない。方喰さんなら、他言無用と言えば黙っててくれると思う」

「そうかなあ。俺たちが決勝に残ってみろよ、ルナの正体なんて特ダネじゃん」

「ハイパー・ウラマに、そこまでのニュースバリューなんかないでしょ」

ニュースバリュー云々（うんぬん）より、方喰記者は諒一と容子の大ファンなので、ふたりが書くなと言えば書かないとは思う。だが、方喰が気づいたということは、ニュースなどでルナの正体に気づく人間が、他にもいるだろう。

「気づかれても、認めなければいい」

史奈はそう口にしてから、自分のそっけなさを反省して言葉を続けた。

「正式に認めない限り、ルナの正体をマスコミが書きたてることはできないはず」

「――まあ、マスコミはね」

容子が渋い表情で頷く。今はSNSの時代だ。若い世代は特に、テレビや新聞のニュースより、SNSに流れる情報を頼りにしている。デマや噂の域を出ないものが、少なからず存在するとしてもだ。

何を書きたてられるかわからないという状況は、あまり気分が良くないものだった。

控室の鏡に、ルージュで唇とOKサインを描いた付箋が貼ってあった。遥はもう立ち去っていたが、彼女の激励だろう。

自然に口元がほころぶ。

――遥は芯の強い女性だ。

自分の生きる道をしっかりと選び、目標に向かって邁進している。迷うばかりの史奈には、それが少しうらやましい。

「みんないる？」

ノックとともに、カーヴァー監督が控室を覗いた。記者会見でも感じたが、ひたむきな情熱とユーモアをあわせ持つ、バランス感覚にすぐれた人だ。彼がチームを率いてくれるのは、史奈にとってもありがたいことだった。

「合宿所まで、バンで行くよ。準備ができたら乗ってくれ」

　アテナの創業家である諏訪家が信州に持つ別荘を、合宿所にあてたと聞いた。長栖兄妹は、これから一か月と少しの間、そこで寝泊まりしながら鍛錬を行う予定だ。

「監督、申し訳ないですが私は合宿には参加できません」

「ああ、聞いているから心配しないで」

　監督は動じない。

　史奈が扮する第三の競技者「ルナ」は、正体不明だ。だが、これから一か月以上、史奈が大学に行かず行方をくらませば、長栖兄妹との関係を知る人たちには、「ルナ」の正体は自明の理となるだろう。表向き、「ルナ」は長栖兄妹とともに合宿に参加していると公表するが、史奈はふつうの大学生の生活を続けるつもりだ。

　ただし、警備会社の夜勤のアルバイトは、試験が近いという理由で、週二回に減らしてもらった。もともと、学生なんだからもっと休めと言われていたこともあり、問題なく受け入れられた。いい職場だ。

「くれぐれも気をつけて。相手はどんな手を使うかわからない。ドーピングより、もっと危険な目に遭うかもしれない」

「はい。充分、注意を払います」

　ごく一般的な相手なら、たとえ格闘であっても負けない自信はある。だが、そう思うそばから、祖母の桐子の叱咤が頭の中で響く。

（史ちゃん、驕るべからず。慢心はどんな弱気よりも人間を堕落させるんやで）

祖母はよく叱る人だった。厳しかったが、それはもちろん、史奈が〈梟〉の生をまっとうできるようにとの配慮からだ。

いつか、たったひとりになっても、史奈が立派に生きていけるように。

いま史奈は、祖母の教えをしみじみありがたく感じる。

「そいじゃな、史奈。次に会うのは、一回戦だな」

諒一が軽い口調で言い、手を振った。容子と史奈は無言で目を見かわし、かすかに顎を引いた。それだけで、お互いの言いたいことはよく伝わった。

――私たちは、必ず勝つ。

合宿所に向かう彼らを見送り、史奈は鏡の前のスツールに腰を下ろす。

遥が描いてくれた、精妙な蝶の図案に目を凝らす。それは、息を呑むほどよくできていた。自分の顔に見入る趣味はないが、史奈はしばし、蝶に見とれた。

2

それからクレンジングクリームを手に取り、濃いメイクを丁寧に落としていった。

大学の講義をふつうに受け、終了後はいつも通り図書館で自習に励み、アルバイトのない夜は着替えて街を走る。

子どものころから山を駆け回っていたせいか、史奈の体力は無尽蔵だ。自分では、かくべつ足が速いとは思わないが、それは長栖のふたりを間近に見てきたからだろう。あの兄妹は、〈梟〉の中でも特別な存在だ。

走るのに飽きて、中野（なかの）にある榊（さかき）教授の家を訪れたのは、日付が変わるころだった。

「お帰り」

近ごろ教授は、史奈が来るとそう声をかける。自分の家でもないのに、ただいまと返すのはわざとらしい気がして、史奈はあっさり頷き、洗面所に直行して手と顔を洗った。たまには「父さん」と呼びかけることもあるが、いまだに「教授」と呼ぶのがしっくりくるのもおかしな話だ。小さいころに別れたきり、つい最近まで会わなかった親子なんて、そんなものだろうか。

「史奈さん！」

「なんだ、来たのか」

部屋に入ったとたん振り向いたのは、栗谷和也（くりたにかずや）と十條彰（じゅうじょうあきら）だった。

一階にある、リビングダイニングだったはずの十二畳の洋室は、教授の手によって研究室に改造されていて、大きな白いデスクと、史奈には名前もわからない高価そうな機材で埋めつくされている。

深夜だが、和也と十條はパソコンを前に議論を続けていたようだ。ふたりとも榊教授の研究室に勤務する助教で、和也は〈梟〉の一族だが、眠らないという一族の特質を持っていない〈カクレ〉だ。〈狗〉の一族の十條は、最近になって教授のもとに戻ったばかりだ。いろいろ理由があって研究室を離れ、満足な研究ができる環境にいなかったため、この私設研究所を見た時は嬉しそうだった。今は充実した生活を送っているようだ。

「まだお仕事？　こんな時刻なのに」

簡素な壁時計に目をやると、もう零時十分だ。

「もうこんな時間か」

十條が、いま初めて気がついたように呟く。

「夕食は食べた？　何か作ろうか？」

「ありがたいけど、さっきラーメンを食べちゃったんだ」

史奈の申し出に、和也が申し訳なさそうに首をかしげた。デスクの端に、カップ麺の空き容器があるのは史奈も気づいていた。

「昨日、アテナの記者会見の動画を見たよ。いよいよ始まるんだね」

史奈は頷いた。あと一週間ほどで、ハイパー・ウラマの競技会が始まる。

「ふたりはいま、何を研究しているの？」

「うーん、いろいろ並行で」

和也が十條とすばやく視線を交わし、あいまいに言葉を濁した。

「私たちはそれぞれ別の研究テーマを抱えているんだ。時々お互いに助言しあって、効率よく研究を進めようとしているんだよ」

十條のほうが和也より役者が上だった。整然とそんな言葉を並べた十條は、時計を見てため息をつき、さも疲れた風情で首を回した。

「どうせなら、私も眠らなくていい体質が欲しかったな。だが、そろそろ私は寝るとするよ。明日もあるし」

「僕も帰って寝るよ。史奈さん、せっかく来てくれたのにごめんね」

そう謝ると、和也は自転車で自分のマンションに帰っていき、十條は与えられた二階の部屋で眠ると言って、階段に消えた。

――ふたりとも、何か隠している。

そう感じたが、問いただしても、たやすく口を割るとは思えない。〈梟〉も〈狗〉も同じく強情だ。

「試合の準備はいいのかい」

教授が茶器の用意をして、研究室の隣にある和室に史奈を手招きした。

史奈と血のつながった父親である教授も、やはり眠らない〈梟〉だ。文字通り二十四時間、研究に明け暮れて倦むことのない人だが、手持ち無沙汰になると、この部屋で新聞を読んだり、お茶を飲んだりしている。

畳の部屋なのに、ソファと長テーブルが置いてあり、史奈もよくここで食事をした。教授が、慣れた手つきで日本茶を淹れてくれる。

「準備のしようがなくて。もちろん鍛錬はふだん以上にしていますが」

できたばかりの競技なので、敵チームの攻略方法を知りたくても、研究材料がないのだ。一回戦の対戦相手は、ボディビルダーのチームだと聞いているが、ボディビルの選手権大会の結果を調べたところで、手がかりにはなりそうもない。

「一回戦の相手チームが三人とも、ドーピングで三年間の資格停止処分を受けたことのある選手だということはわかりました」

調べるまで史奈は知らなかったが、日本ボディビル・フィットネス連盟のホームページには、アンチ・ドーピングに関する規程や禁止薬物についても載っている。相手チームのひとりは、ドーピングによる資格停止処分を二度にわたり受けたこともわかった。ステロイドなどを常用している可能性がある。

「ただ、それがどうハイパー・ウラマの競技に影響するか、よくわかりません。動画を見て、諒一や容子ちゃんと一対一のゲームを試してみたこともありますが、しょせん『ルールに沿ってやってみた』レベルなので」

「実際にゲームをやってみるまで、何が起きるかはわからない——か」

しかも、アテナ陸上部の一回戦は、競技大会の初戦だった。ほかの試合を見て、戦法を練ることもできない。対戦の組み合わせはコンピュータがランダムに選んだとの公式発表だが、ドーピングせず競技に出場すると宣言したアテナ陸上部への嫌がらせのようにも思える。

「——とはいえ、さほど心配してないんだろう?」

熱いお茶をすすりながら、教授が笑みを含んだ目でこちらを見た。

「はい。何が起きても臨機応変に対応するのは、〈梟〉の本分ですから」

長栖のふたりは特に、兄妹ならではの阿吽の呼吸を体得している。ハイパー・ウラマの運営団体は、アテナ陸上部と諒一を敵視し、潰しにかかるとの予想も一部で流れているが、それはもともと覚悟していたことだ。

「それより、〈お水取り〉の一件です」

史奈が表情をあらためて切り出すと、教授が眉を曇らせた。

それも当然だ。先日、〈梟〉の里に堂森の親子が派遣され、〈お水取り〉の儀式を行ったところ、井戸が涸れていることがわかった。

——どうして、急に井戸が涸れたのか。

泡を食って東京に戻った堂森武の報告を受け、一族の者たちは静かに慄いた。もう四百年も、一族は毎月の儀式としてあの井戸の水をすくって飲み、そうすることで〈シラカミ〉化を防いできた。一族の命脈をつないできた水が、突然に涸れたのだ。

「井戸が涸れた原因はわからない。急に井戸が涸れるという現象は、実はよく起きていてね。史奈も知っている通り、井戸というのは地下の水脈から水を汲んでいる。地下水は、雨が何十年もかけて地表からゆっくり染みこんだものだ。大きな地震が起きたり、近くに別の井戸を掘ったり、企業の取水施設ができたりしたのがきっかけで、井戸が涸れたという報告も多い。今のところ、お社の井戸が涸れた原因は不明だ。水が再び湧き出すかどうかもわからない」

「――でも、あの水がなければ私たちは」

――〈シラカミ〉に、なるかもしれない。

史奈は、二階で寝ている母の希美を思いながら、心の中で呟いた。母は、もう何年も前に〈シラカミ〉となり、真っ白な髪と、ぴくりとも動かない身体を抱えて生き続けている。

身体を動かすのが好きで、眠らない〈梟〉にとって、〈シラカミ〉ほどの脅威はない。

「この四年、みんなに水を配って、研究用にもいくらか使った後、残った水はすべて凍らせて置いてある。だから、まだしばらく心配する必要はないよ」

史奈を宥めるように、教授が言った。

「薬はもうできたんですか？」

　教授と和也は、井戸の水を分析し、薬効成分を抽出して、〈シラカミ〉の予防薬を開発していた。だが、開発が成功したとはまだ聞いていない。

「残念ながら、まだできていない」

　──おや。

　史奈は、教授の言葉になんとなく不自然さを感じた。教授は嘘をついている。だが、それを真正面から尋ねたところで、答えが返ってこないのもわかっている。教授は穏やかな人だが、〈梟〉の一族らしく、実は頑固だ。

「薬の開発には、大手の製薬会社でも何年もかかるものなんだ。それを、私たち関係者だけでやっているんだからね」

　言い訳するように教授が続けた。

「効果のある薬が完成したとして、人間に使う前にまず動物実験が必要だし、厚生労働省の認可を取って一般に利用可能な薬にするためには、治験も必要になるしね」

「一般人も使える薬にする必要なんてどこにあるんですか？　認可が下りてなくとも、水が涸れた今となっては、一族の者はその薬を必要としていると思いますけど」

「──そうかもしれないが、私たちは研究者として、安全が確認されるまで人間にはとても使えないよ」

史奈の不満を見てとったのか、教授は宥めるように首をかしげた。

「そんなに心配する必要はない。まだ水はあるのだし、そもそもこれまで〈シラカミ〉になったのは、里を何年も離れていた人たちだけだ。たとえ今ある水がなくなっても、急に発病したりはしないから」

教授が何を隠しているのかわからないが、理屈は通っている。一族が危険にさらされるまで時間の余裕があることも、確かなようだ。

「――わかりました。開発が終わったら、必ず教えていただけますね」

「もちろんだ。榊の〈ツキ〉」

教授が、娘をからかうように答えた。四年前、史奈は〈梟〉のリーダーたる〈ツキ〉の役目を、祖母から継承したのだ。

教授の戯言(ざれごと)にはとりあわず、史奈は話題を変えることにした。

「十條さんは、どんな調子ですか」

二階で眠っている十條彰も、異能の一族の生まれだ。嗅覚がきわめてすぐれている。〈狗〉の一族と名乗っているが、おそらくそれは隠し名で、本来は〈人狼(じんろう)〉の一族と呼ばれていたのではないかと史奈は推測している。〈人狼〉などと名乗れば相手を警戒させてしまうので、〈狗〉と名乗っているのだ。それも生きるための知恵には違いない。

満月の夜になると、全身の体毛が急激に伸びる。初めて目の当たりにした時は驚愕したが、おそらくホルモンバランスの異常でそういう現象が起きるのではないかという教授の説明を聞き、納得した。〈狗〉の一族も、〈梟〉と同じように、自分たちの能力や体質をひた隠しにして命脈を保ってきたのだ。

「ここでは、私たちの薬の研究を手伝ってもらっている。栗谷君ともうまくやっているよ」

〈狗〉の一族に、〈梟〉の一族の命運を握る仕事を任せていることに、不安がないわけではない。だが、教授と和也だけで作業を進めれば、なおさら薬の開発が遅れてしまうだろう。

「もうじきハイパー・ウラマが始まりますが、〈狗〉の一族から接触はないですか」

十條はハイパー・ウラマへの協力を断って逃げ回っている。だが、〈狗〉たちも彼がもともと携わっていた遺伝子ドーピングに関する研究に興味がある様子だ。実際には、十條は〈狗〉の一族の特徴を自分の身体から消すために、遺伝子編集の研究を続けているらしいのだが。

十條が、自身の遺伝子に刻まれた〈狗〉の印を取り去りたいと切望する気持ちも、少しはわかる気がする。満月の夜の変貌は、一般的な二十歳の女性よりはるかに多くの体験を積んだ榊の〈ツキ〉――史奈をすら、驚かせた。ふつうの若い女性が、あの十條の姿を見て怖がらないはずがない。

十條は、自分の秘密を頑なに守っている。それでも、時には他人に見られることもあっただろう。

その瞬間の他人の目――。

それが、どれだけ十條の気持ちを傷つけ、絶望の淵に追いやったか、想像に難くない。

他の〈狗〉は一族の能力に誇りを持っているため、能力を捨てたがっている十條に制裁を加えようとしている節もある。十條は一族内で孤立している。

教授はかすかに眉根を寄せ、考える様子だった。

「少なくとも私には、接触はないと言っているね。この家は、大学にも秘密にしている隠れ家だから――。十條君のほうから〈狗〉に接触した場合は別だろうが、その点は疑ってみたこともないよ」

――十條が〈梟〉の懐に送り込まれた〈狗〉のスパイである可能性はない。

教授がほのめかしているのは、そういうことだ。史奈は頷いた。

「わかりました。このまま様子を見るしかありませんね」

もうひとつ、聞きたいことがあった。

「あれから出水の動きはありませんか」

出水敏郎という男がいる。どういういきさつがあるのか、〈梟〉の存在を毛嫌いしていて、ハイパー・ウラマの運営者とも関わりがあるようだし、〈狗〉とも通じているようだ。この男が、〈梟〉の住所録をひそかに収集していた。

半分は史奈たちが知る一族のもので、こちらが持つ住所録と突き合わせたところ、どうやらほとんどの情報が古く、現在の住所と合致したのは数軒のみだった。

残りの半分は、教授が〈水〉を送っていない先だった。一族の末裔は全国各地に散っているため、史奈たちが警告してまわる余裕もなかった。電話番号を調べたり、封書を送ったりして連絡を取ろうとしてみたが、やはりそちらも情報が古く、多くが現在は別人の住まいとなっていた。

――出水にこの住所録を渡した〈狗〉の一族は、わざと古い情報を選んだのか。

そう思えるほどの精度の低さだ。

――出水は、一族に害をなすつもりではないか。

そう恐れて、連絡のつく相手には片っ端から連絡を取り、警告を発してみた。うち二軒は事情を聞くとすぐ賃貸マンションから引っ越したが、そうはいかない家も多い。たとえば馬淵という一家の主は腕のいいパン職人で、その住所で人気のベーカリーを開いていたのだ。

「馬淵さんは、今のところ身辺に怪しいことはないそうだが」

店をたためと言うわけにもいかず、しばらく様子を見るしかない。

他にも二軒、昭和初期に里を下りた一族の末裔が見つかった。里の話は親から聞いていたそうだが、あまりいい印象を持っていなかったようで、水を届けたいという教授の申し出は、二軒とも丁重に断られた。そういう状況だから、引っ越したほうがいいというアドバイスにいたっては論外だ。

結局、何か問題が起きれば連絡をくれと言い残すしかなかった。それだけが心残りだ。

「出水が、このままおとなしくしていてくれればいいのですが」

母の様子を見に行くと告げて席を立った史奈に、教授がなにげない様子で声をかけた。

「そう言えば、篠田君はもう千葉に戻ったのかな」

史奈がためらったのは一瞬だった。

篠田俊夫は史奈の想い人——と言っても良い相手だ。一族の者ではないが、まるで〈梟〉のように質実剛健な男だった。

「——はい。休暇を終えて、いったん戻りました。試合は見に来るそうです」

そうなのかと答える教授は、さほど関心がなさそうな表情を装っている。だが、彼が篠田の秘密をつかんでおり、娘にはそれを隠していることにも、史奈は気づいている。

——篠田さんの過去を調べたんですか。

直接、その質問をぶつけてみようかと思ったこともある。だが、やめた。

教授が史奈に話さないのは、何か理由があるからだ。時が来て、必要になれば教授は話すに違いない。

二階に上がると、母は薄暗い夜間照明の中でベッドに横たわり、目を閉じていた。部屋を明るくして脇に座り、母の耳元で囁く。

「ごめんね、目を開けるよ？　隣の部屋で十條さんが寝てるから、スピーカーは切っておくね」

母親と言葉を交わすには、目線によるタイピング装置を利用するしかない。まぶたに指をあて、そっと開かせる。母の顔は彫像のように変わらないが、それでも四年前に再会した時よりは、ずいぶん痩せたと思う。胃ろうと点滴だけで生きているのだ。

『史奈』

音を消したので、史奈はモニターに表示された文字を読み取った。

「いま零時半になるところ。喉は渇いてない？　何か欲しいものはある？」

『何もいらない』

母には何か、希望があるのだろうか。

ふと史奈は白い頬を見つめ、そんなことを考える。〈シラカミ〉を発症する前、彼女は父と同じですぐれた研究者だった。

今でも彼女は、モニターを通じて書物や論文を読み、最新の情報にもアクセスしている。ゆっくりではあるが、新たな論文も書いているらしい。

『お父さんは何か言っていた？』

ふいに尋ねられ、戸惑う。

「お母さんのこと？　いいえ、特に何も」

『――そう』

諦めたような気配が、母の目に漂った。

――ああ、まただ。

父も母も、何か隠している。自分に言えないことがある。史奈がまだ子どもだと思っているのだろうか。

『もうすぐ、競技が始まるのね』

当然ながら、母はハイパー・ウラマについても知っている。

『記者会見のお化粧を見たわ。とてもきれいだった』

「遥が描いてくれたの」

母は微笑んだのだろうと思う。

『史奈にお化粧を教えてあげたかった』

教えてあげられなくてごめんね、という言葉が、おそらくその後ろに続いていた。史奈は母の手をそっと握った。

「でもね、私はそれほどメイクに興味ないの」

『実は、お母さんもそんなに興味なかった』

史奈はぷっと吹き出した。この部屋で笑うのは初めてかもしれない。表情の変わらない母だが、どこか雰囲気が柔らかくなる。

『出るからには、勝ってね』

うん、と頷く。勝負は時の運だが、それでも〈梟〉は勝たねばならない。子どものころから、必ず勝てと教えられる。石にかじりついてでも、とにかくがむしゃらに勝たねばならないのだ。

〈梟〉が負けるということは、人間が生きづらい世の中になるということだ。勝利を諦めてはいけない。

母が疲れないよう、再びそっとまぶたを閉じさせ、部屋を出る。一階に下りようとした時、階段脇のドアが開いて、中から出てきた十條と鉢合わせした。

「失礼。トイレに行こうとしたんだけど、びっくりさせたね」

「大丈夫。こっちこそ邪魔しちゃって」

何か言いたげな気配を感じ、史奈は十條を見た。今日は満月ではないので体毛に異変は起きていないが、物憂げな表情だ。

「――一度、ちゃんと礼を言いたかったんだ。ありがとう。僕の――あんな姿を見てもふつうに接してくれたのは、君たちが初めてだ」

君たちとは、篠田と史奈のことだろう。

「私たちの一族も、ちょっと変わってるから」

史奈が受け流すと、十條は皮肉に唇を歪(ゆが)めた。

「たしかに『ちょっと』変わってるね」

十條の姿を見ても、もう驚きはしないが、ふたりきりでは会話の糸口が見つからず、少々気まずい。

「僕たちの一族に、女性はいないんだ。だからとても興味深いよ」

十條がふと漏らした言葉に、史奈は首をかしげた。

「どういうこと？　だって、十條さんにもお母さんがいるでしょう」

「母親はいる。だけど、一族の外から連れてこられた女たちだ。たいていは、無理にね。女の人は僕らを見て怖がるから、過去には拉致されて村に来た女性もいたようだ。——僕の母親も」

十條はそこで言いよどみ、暗い表情で話を変えた。

「一族に女の子は生まれないんだ。——たまに生まれても、一族の体質は受け継がない。その子どもも一族の体質を受け継がないのではないかという恐れから、女の子は外に出されてしまう。ずっと昔には、女の赤ちゃんは間引かれた可能性も高い。おまけに、女たちは子どもを産んだ後、離縁される」

十條の言葉の意味を史奈は考えた。

「あなたがたの体質は、Y染色体に存在する遺伝子によるものだということ？」

「そうだね。だから女性には発現しない」

「だけど――現代の話とは思えない」

いくらなんでも、拉致だなんて犯罪ではないか。おまけに、子どもを産んだら村を去らせるということは、女性は子どもを産む機械のような存在だと思われているのか。なんだか、人権を無視しすぎて信じがたい話だ。

十條はかすかに眉を寄せ、肩をすくめた。

「僕の一族は頭が古くてね」

なるほど、十條が生きづらく、出奔したくなる気持ちもわかる。

〈狗〉の森山疾風がしきりに容子と自分に言い寄ろうとしていたのも、そういう事情だったのか。同族の女性を口説けばいいのにと思ったが、そうできない事情があるのだ。

「十條さんは、自分の遺伝子を編集して体質を変えたら、その後はどうするの？」

「あまり考えていないな」

十條は遠い目をした。

「今までと同じように、遺伝子の研究をするんじゃないかな。何かがしたくて自分の体質を変えるわけじゃない。ただ、ふつうになりたいだけなんだ、僕は」

――ふつう、か。

「試合の応援には行かないよ。僕は遺伝子ドーピングの研究でも名前を知られているようだし、妙な勘ぐりを受けると君たちが困るだろうから」

「その後、ハイパー・ウラマの運営団体から接触はない？」

「ないね。さすがに諦めたんじゃないか」

そうだろうか。彼らがそんなにかんたんに、十條の協力を諦めるだろうか。

言葉を交わして安心したのか、おやすみと言って離れていく十條を見送り、史奈は一階に下りた。

3

一回戦を翌日に控えた金曜日の夕刻、史奈は警備員の制服で大田区にあるアテナの工場に入った。

「やあ、お疲れ」

迎えてくれたのは、広報室長の郡山だった。ルナこと榊史奈の正体を秘すため、史奈と接触するのは必要最小限の人数に抑えている。

郡山は元アスリートで、偉ぶった顔をしない穏やかな人物だ。いつも微笑んでいる、色白の男性だった。

「ごめんね。本社のほうが設備もいいんだけど、マスコミがずっと張っていて」

ルナの正体について、早くもさまざまな憶測が飛び、合宿所と本社ビルの出入りを見張っていれば、いつかルナの素顔を見られるのではないかと、記者が張り付いているというニュースは史奈も目にしていた。

「お騒がせして申し訳ありません」

「諒一君たちは、さっき合宿所からこちらに着いたよ」

案内されたのは工場に付属する小さな講堂で、本来は社員向けの講演会や研修に利用されるそうだが、ハイパー・ウラマの期間中は、土日のみ大会関係者以外の出入りを禁じているそうだ。

「よっ、史奈！」

椅子を片付け、簡易的な間仕切りをつくったり、ベッドを入れたりして、すっかり合宿所のようになった講堂で、諒一が片手懸垂をしながら手を振った。

「監督は記者の目を逸らすため、別の車で本社のほうに行った。明日は競技場で合流するからね」

軽井沢の合宿所に張り付いている記者たちを撒くため、まずバンで監督が本社に向かう。記者たちがそちらについて行くのを見届け、諒一たちは別の車でここまで来たということだった。

郡山が講堂内部の構造や、生活に必要なことを教えてくれた。ハイパー・ウラマの運営側がスパイを送り込む恐れもあるので、食事は自分たちで用意する。食材は、事情を知らされていない郡山の妻が、会社でバーベキューをすると説明されてスーパーで買ったものだそうだ。

「いろいろ不便かもしれないけど、君たちがリラックスして、明日の試合に万全の状態で臨めるようにと社長から指示を受けているんだ。何か希望があったら、僕に電話してくれたらいいからね」

「郡山さんは、ここには泊まらないんですね」

「僕も、別の場所でマスコミの人たちと会う予定なんだ。ここは誰にも知られたくないからね」

「史奈」

ひょいと郡山の背後から諒一が顔を出す。

「一応、今日も尿を検査するんだ。本来ならアンチ・ドーピング機構から派遣されたDCOの同席が必要なんだけど、今日は変なのがここに入ってくると困るから簡易的にDCOなしで自分で採って」

「DCO？」

首をかしげた史奈に、諒一がちょっと得意げな顔をした。

「ドーピング・コントロール・オフィサーだよ。史奈も知らないことがあるんだな」

「ちょっと、兄さん！　史ちゃんは競技に出たことないんだから、知らなくて当たり前でしょ」

どこからともなく現れた容子の叱責が飛ぶ。

「他人の尿を持ってきて、検体として提出した選手がいたの。だから、そういう行為を防ぐために、確実に本人の身体から出た尿だとわかるように、尿を採取する現場に立ち会って監視するのがＤＣＯ」

あっけにとられたが、そこまでして競技の公平性と透明性を担保しているのだ。

「一般的な競技だと、全員が検体を提出するわけじゃなくて、ランダムにサンプリングすることが多いんだけど、今回は私たち三人とも検査を受けることに意味があるから」

容子がかすかに眉をひそめ、こちらの様子を窺(うかが)った。

「史ちゃん嫌だと思うけど、私たち選手自身のフェアネスを証明するためだから。それから、ＤＣＯは必ず同性の人がつくからね」

「――わかった」

好きこのんで競技に参加するわけではないが、この際しかたがない。

史奈があっさり承諾したので、郡山は内心ほっとしたようだ。

「じゃ、これよろしくね」

さっそく採尿キットを渡された。こんな面倒なことが競技のたびに繰り返されるのかと思うと、自分はアスリートの道を選ばないで正解だったと思う。

「それじゃ、明日は朝七時に車で迎えに来るからね。今日は早めに寝て、七時までに朝食もすませておいて」

ここに三人が宿泊していると気づかれないよう、特別な警備はしていない。そう説明し、郡山は三人分の検体を鞄に納め、朗らかに手を振り帰っていった。

「ベッドも用意したんだね」

間仕切りで区切られた自分のスペースを覗き、史奈は持参した荷物を下ろした。自分たちが眠らないと知っているのは、アテナの関係者では諏訪社長とその母親の響子だけだ。監督や郡山は、自分たちを単純に身体能力の高いアスリートだと考えている。

「ＩＨのコンロやホットプレートまで、何もかも用意してくれたから、食事の準備もできるよ。ご飯は炊いておいた」

「焼肉しようよ！」

諒一が冷蔵庫の食材を覗き込み、嬉しそうに牛肉のパックを振ったので、容子は苦笑しながらこちらを見た。

「諒一に任せようか」

史奈に異論はない。

「──もう、明日が一回戦なんだね」

運営側による、さまざまな妨害行為を予想して気を引き締めていたが、これまでのところ何も起きていなかった。こちらのガードが固いせいもあるだろうが、試合が始まるまで様子を見ている面もあるだろう。

つまり、明日の試合に勝てば、状況が動く可能性がある。

食事の支度を任された諒一が、鼻歌まじりに野菜を切り、肉を焼き始めたので、講堂内にいい匂いが立ち込めた。

「明日の対戦相手について、新しい情報はある？」

史奈が尋ねると、ふたりとも首を横に振った。

「全然。だけど、ボディビル界が薬物を使わない『ナチュラル』派とステロイドなどを積極的に利用する『ユーザー』派のふたつに分かれていることはわかったかな。ドーピングを禁止している大会と容認する大会の両方があって、ステロイドの使用を公言している選手もいる」

容子が説明してくれる。

「明日の対戦相手の写真は手に入れたぜ」

諒一が得意げに言い、肉をひっくり返しながらスマホの画面をこちらに向けた。

史奈は立ち上がり、容子と一緒に諒一のスマホに見入った。三人の男性が水着姿でそれぞれポーズを取り、その隣で司会者とおぼしき男性が彼らを驚きの目で見上げている。

——巨大。

そう言いたくなる体格だ。右端のひとりは後ろを向き、背中の筋肉を誇示している。

「今朝のスポーツ新聞に掲載された写真だって。方喰さんが送ってくれた」

「人間の筋肉って、ここまで発達するものなの？」

史奈は写真を観察し首をかしげた。

ポージングしているため、全身の筋肉が皮膚を透かして見えるようだ。不自然なほど丸く盛り上がった大胸筋、はちきれそうな肩の三角筋と、太い血管が浮き上がる上腕二頭筋、三頭筋。僧帽筋など発達しすぎて首がないくらいに見えるし、太ももを見れば、この身体を包むパンツは特注しないと手に入らないだろうと思える。

生活のすべてを、肉体づくりに捧げている。そんな日常が透けて見える。

「俺だって筋トレはするけど、ふつうに鍛えても、なかなかここまでにはならないよな。本人もステロイド使用を認めていることだし、薬物の効果だろうな」

ステロイドを使っただけで筋肉が発達するわけではないから、きついトレーニングも積んでいることは間違いない。それに、ステロイドが彼らの身体に大きな負担をかけているのも間違いなさそうだ。

「この三人、背丈もそうとうあるね」

容子の言葉に諒一が頷く。

「三人とも百七十五センチを超えてるけど、背丈だけならさほどでもない。問題は体重だ。現在の体重は公表されてないけど、三人ともオフシーズンだと百六十キロ近く、オンシーズンでも百四十キロを超えるという記事を見つけたよ。俺たち三人を合わせても、そこまでいかないよな。——ほら、できた」

諒一が、手早く肉と野菜を盛りつけた紙皿をこちらに突き出す。

「いただきまーす！」

箸を握って子どものように両手を合わせた諒一が、まだ湯気のたつ肉にかぶりついて「うめえ！」と叫び、至福の表情を浮かべている。

史奈のスマホに着信があった。篠田からの短いメッセージだった。

『明日は会場で応援してる。みんなをびっくりさせてやれ』

篠田は〈梟〉の勝利を疑わない。それが嬉しくもあり、危うくも感じる。手放しの信頼ほど、裏切られた時の衝撃も大きいものだ。

周囲の期待は期待として、自分たちは気を引き締めてかからなければ。

——ついに明日、始まる。

諒一と容子は平気なのだろうか。容子はふだんと変わらない落ち着いた様子で、淡々と食べている。

視線を感じたのか、容子が目を上げた。

「史ちゃん、食べないの」

「——明日のことが気になって」

不安を感じているのは自分だけらしい。そう思うとなんだか恥ずかしくもある。

「史ちゃんは競技大会に出るのが初めてだもんね」

「いきなり注目浴びる立場だしな、俺たち」

諒一が、油で汚れた口元を舐めた。

「でもな、俺たちは子どものころから鍛錬を続けてきた。昨日や今日、突然身体を鍛え始めたわけじゃない。ひとつ聞くけど、明日の試合のために今からできることはあるか？」

真顔で尋ねる諒一に、史奈は首を振った。

「——ない」

対戦相手の情報が少なく、競技についての情報も限られている。この状態で打てる手は思いつかない。

「だろ？　だから俺は、自分の二十数年間の鍛錬を信じて、ふだんの力を発揮するだけだと思ってる。向こうは汚い手を使ってくるかもしれないけど、俺たちはあくまでクリーンにやる。だから、今夜も晩飯食って落ち着いたら、またいつも通り鍛錬するんだ。それしかやり方を知らないからな」

だから食えよ、と諒一は軽い調子で言い、皿に残った肉をぺろりとたいらげた。

――諒一も容子ちゃんも、すごい。

考えてみれば、彼らはもう何年も海外のウルトラマラソンに出場し、勝ち続けている。競技に出ることも、その場で自分の最高の能力を出すことにも慣れているのだ。これまでどれほど精神的な強さを要求されてきたことだろう。

経験の厚みが、自分とはあまりにも違う。

そう気がつくと、史奈は自分がひどく場違いな存在のように感じた。

「史ちゃん、私も初めてメキシコの『カバロ・ブランコ』に参加した時は、すごく緊張したよ。ぜんぜん注目されてなかったし、周りはほぼ地元のタラウマラ族の選手ばかりだったけど」

「『カバロ・ブランコ』？」

「そう。ウルトラマラソンの大会なんだけど、それについて書かれた本を読んで、どうしても参加したくなってね。タラウマラ族はまるで〈梟〉みたいに、山道を夜も昼もなく走り続けて倦まない民族なの」

「そんな人たちが、海外にもいるの？」

俄然、興味が湧く。

「彼らは眠るみたいだけどね」

屈託なく容子は笑った。

「本当に世界は広い。ハイパー・ウラマという競技は嫌いだけど、試合に参加する選手の中には、見るべき人材もあるかもしれない。そう思って、楽しみにしてる」

――世界は広い。

その言葉が、史奈に〈狗〉の一族を思い起こさせた。

特殊な能力を持つのは、〈梟〉だけではない。嗅覚にひときわすぐれた〈狗〉とは出会ったが、ひょっとすると、まだ他にもいるかもしれない。

そう考えると、わずかに心が躍った。

――明日、自分は競技に出て、戦う。

ふだん通りにと諒一は言った。その「ふだん通り」が難しいのだとは、なんとなく想像がつく。

自分ひとりなら逃げだしたいと思ったかもしれないが、諒一と容子がいる。心強いチームメイトだ。

4

一回戦の六試合は、世田谷区の駒沢オリンピック公園総合運動場内の陸上競技場で、土曜と日曜に分けて開催される。

会場は、サッカーJリーグの試合が開催されたこともある、客席に二万人収容可能な広々とした競技場だ。ハイパー・ウラマはゴールまでの短距離走を競技の眼目のひとつにしているから、このサイズの会場が必要なのだろう。

いくら話題とはいえ、生まれたばかりの競技に観客はほとんど来ないだろうと思っていた。ところが意外にチケットは売れたようで、客席は八割がた埋まっていると聞いた。

「諒一が記者会見で大見得切ったから」

ハイパー・ウラマ参戦を発表した記者会見で、諒一がドーピングなどせずに優勝するときっぱり宣言したことを、容子は今も「目立ちたがりめ」と怒っている。

大田区の工場から会場まで、アテナが用意したバンで来た。メイク前の史奈は顔を隠すため、警備員の帽子と制服に眼鏡とマスクを着け、バンに群がる記者たちを間近で制止もしたが、まさかそれがルナだとは、誰も気がつかなかったようだ。

この陸上競技場には、グラウンドを取り巻く建物に、三つの更衣室、ふたつの役員室と会議室がある。今日行われる三試合に出場する六チームに、ひと部屋ずつ控室としてあてがわれている。アテナ陸上チームは、ルナの正体を秘すため、ひとつだけ離れた場所にある会議室を使わせてもらうよう、申し入れて許可されていた。

「史ちゃん、早く早く！」

アテナ陸上チームの控室には郷原遥が来ており、史奈にメイクをしようと待ち構えていた。なお、この部屋に隠しカメラや盗聴器などが仕掛けられていないことは、先に監督が来て調べてくれたそうだ。

ドーピング検査は、日本アンチ・ドーピング機構から男性と女性のＤＣＯが派遣されている。ハイパー・ウラマという、ドーピングを許可する新競技と、それに対抗してクリーンな身体で出場するアテナ陸上チームには、彼らも強い関心を持っていたそうだ。良くも悪くも、この競技は注目を集めている。

「さあ、ここに座って。いよいよだね、昨日はわくわくしちゃって眠れなかったよ！」

諒一や容子は、さっさと着替えてドーピング検査をすませ、身体をほぐし始めた。そのかたわらで、遥が用意してくれた鏡の前に腰かけ、遥の白い指先が、魔法のように自分の顔を隠していくのを見守る。

「通しのチケット、アテナの監督にもらったの。最終戦までしっかり見るからね！」

「遥、仕事が忙しいと思うし、そんな――」

「いいの、いいの！　実はね、私がチケットを手に入れたことがハイパー・ウラマの運営団体に知られたみたいで、ＰＲ関係のお仕事にもつながりそうなの。もう事務所は大喜び」

「えっ！　なんだよそれ」

諒一たちがギョッとしたように振り向く。みんなの驚きを見て、遥はにやりと笑った。

史奈の耳に唇を近づけて囁く。

「運営団体について、何かわかったら探ってみるね」

「ちょっと、遥。気遣ってくれるのはありがたいけど、あなたにまで危険なことをさせるつもりは――」

「大丈夫、危ないことはしないから」

史奈はわずかに眉をひそめた。

遥を巻き込むべきではなかった。数年前まで、一族の血を引いていることすら知らなかった彼女は、眠らないという一族の特性を持たない〈カクレ〉だし、鍛錬もしたことがない。ごくふつうの生活を送ってきた若い女性だ。

自分が一族の役に立っていないと、引け目を感じていたようだから、ハイパー・ウラマ運営団体とつながりができて喜んだのだとは思うが――。

史奈の戸惑いをよそに、顔には大きな揚羽蝶がつややかな羽を広げ始める。

「遥、覚えておいて。私たち、あなたの犠牲の上に成り立つものなんて、絶対に欲しくないから。危険なことはもちろんしてほしくないし、キャリアに傷がつくようなこともしてほしくない」

遥がにんまりした。

「もちろんよ。わかってるって！」

さらに念押ししようとしたが、控室に文字通り飛び込んできたカーヴァー監督の切迫した声で遮られてしまった。

「みなさん、大変です。いま最終版のルールブックが各チームに配付されたんだが――」

監督が手にした青い表紙の小冊子に注目が集まる。ルールブックは、これまで二度、参加予定のチームに配付されている。新しい競技なので、まだルールが確定しておらず微調整が続いていたのだ。

「ボールを手で持ったり、抱えたりしていいのは、ゴール前エリアだけと書いてある」

「はあ？」

諒一が顔をしかめ、監督からひったくるようにルールブックを手に取った。パラパラとめくり、該当箇所を探し当ててますます苦い顔になる。

「そんなこと聞いてないよ！　立ち上げの発表会で見せられたビデオでだって、あいつらずっと手でボールを持ってたじゃんか！」

「諒一、落ち着いて。各チームが不満を訴えたので、これから事務局がトレーニングルームで説明するそうです」

「手で持ってはいけないということは、ゴール前以外はサッカーのように足を使うということですか？」

冷静な容子が尋ねる。

「そうですね、両手以外は使っていいと書いてあります。ヘディングや胸トラップがダメだとは書いてありませんが――」

子どものころから身体を鍛えてきたとはいえ、サッカーの技術はまた別だ。ドリブルでボールを運んだり、ボールを蹴ったりする練習はしていない。

「サッカーのボールと違って、ハイパー・ウラマのボールはゴム製で四キロありますよね。このボールをヘディングするのは無理がありそうですね」

史奈は、参加チームに配られた練習用のボールを手にした。大きさはサッカーボール程度だが、ずしりと重く、中心まで詰まった硬いゴム製だ。床に落としてもあまり弾まないし、蹴っても遠くへ飛ばすのは難しい。

カーヴァー監督が眉をひそめて頷いた。

「もともと、ウラマという古代アステカの球技では、腰や足で打っていたようですね。こんなに重いボール、ヘディングなんかすると首を痛めますよ」

「また俺たちに対する嫌がらせじゃねーの」

諒一が子どものように頬をふくらませる。

「史ちゃん、できたよ」

騒ぎの間にも遥の手は休みなく動き続け、史奈のメイクが完成した。

「遥、さっき言ったこと、忘れないで」

「わかってる。史ちゃんたちは、とにかく競技に集中して。ベストを尽くしてね」

人に見られないよう、競技が始まった後で控室を出るという遥を残し、史奈たちは監督に続いて部屋を後にした。試合の前に、運営から新ルールについての説明を聞かなくてはならない。

——嫌がらせか。

その可能性は充分ある。だが、条件は他のチームも同じではないか。

トレーニングルームはアテナの控室のすぐそばだった。廊下に出ると、向こうから来た見覚えのある男たちと鉢合わせした。

「よう、アテナのお嬢ちゃんたち」

〈狗〉の森山疾風が、にたにたと白い歯を見せている。周囲にぞろぞろ引き連れているのは、〈狗〉の仲間だ。いつか史奈を尾行していた、黄色い髪の男もいる。

「ええなあ、あいかわらずそそるやん。色気のないスポーツウェアなのになあ」

カーヴァー監督が選手を守ろうと割って入るが、森山はそちらを見もしない。

「今日、あんたたちの対戦相手は私たちじゃないでしょ」

容子がにべもなく切り捨てると、森山はさらに挑戦的に笑った。

「そやけどまあ、俺たちのどちらかが、シードチームと決勝戦をやるに決まっとる。それまでに、万が一負けたりしたら承知せんで」

ルナに扮した史奈を見て、にやりと笑ったところを見ると、当然のことながら史奈だと気づいているのだろう。

「邪魔だな。どうしてこんな所で溜まってるんだ？」

後ろから剣呑な声がかかった。

背後に、巨人が三人いた。一回戦の対戦相手、ボディビルダーのチームだ。プロレスラーのような、派手な金色のガウンを着て身体を隠しているが、布地の上からでも、はち切れそうな筋肉の塊が手に取るようにわかる。

「へえ、あんたらが一回戦の相手か」

アテナのロゴマークに気づいたように、ひとりが言った。

「こりゃまた、細っこいなあ」

無遠慮に、こちらの身体つきを眺めまわしている。史奈も彼らを間近で見て、あらためて体格差を感じていた。背丈はさほどでもないが、重量の差は場合によっては致命的なほどだ。

「よろしくな。長栖諒一だ。こっちは妹の容子と、友達のルナ」

諒一が何のわだかまりもなく手を差し出す。相手はその手をじろりと見ただけで無視した。

「熊野(くまの)、大虎(おおとら)、犀角(さいかく)。知ってるんだろ、俺たちのこと」

——クマとトラにサイか。

一瞬の邂逅(かいこう)ではあるが、少しでも彼らの情報を増やしたい。熊野というのが三人を代表して喋(しゃべ)っている男のようで、あとのふたりは退屈そうに突っ立っている。

熊野にしても、最低限の礼儀としてチームの自己紹介をしただけで、それ以上こちらと親しくするつもりはないようだった。

「——楽勝だな」

熊野が聞こえよがしに仲間に告げた。

そのやりとりを見て、何を思ったのか喉の奥で低く笑いながら、〈狗〉たちがトレーニングルームに入っていく。

小柄で容子ともさほど体格の変わらない諒一が、キラリと目を光らせる。

「さあ、早く入らないと」

監督が急がせた。本音では何を考えているのか表情に出ないのでわからないが、今の体格差を目の当たりにすれば、一回戦の行方を監督が危ぶんでいたとしても不思議ではない。

　トレーニングルームには、すでに大勢が集まっていた。

　今日の試合に出場する六チーム、選手だけでも少なくとも十八人はいるはずだ。

「皆さんそろったようですから、新ルールの説明をします」

　ハイパー・ウラマの運営事務局長だという白いポロシャツを着た初老の男性が、マイクを握り、集まった選手たちを見渡す。

「新ルールでの変更点はひとつだけです。ボールを手で触っていいのは、相手ゴール前のシュートエリア、バスケットボールでいう3ポイントラインの内側にあたるエリアに、両足とも置かれた時だけになります。シュートエリアは、見てすぐ判別できるよう白い線で区切られています。それ以外の場所では、うっかり手に触れただけでも反則になります」

　たとえば、と彼は言葉を継いだ。

「自チームのゴールを守ろうとして、シュートの前に手を出してボールを弾いた場合、それは反則です」

　質問は、と問いかけられると、各チームがいっせいに手を挙げた。アテナのように監督やスタッフがいるチームのほうが珍しい。新しい競技なので、ほとんどは選手だけの即席チームだ。

「どうして競技の当日になって、そんなルール変更があったんですか」

当然の質問をしたのは、黒縁眼鏡をかけた背の高い青年だった。見覚えがあると思ったが、思い出せない。おそらく、何かの競技に出場していた選手だろう。

「ハイパー・ウラマは、古代アステカのウラマという競技をもとに、現代にマッチさせるためルールを改変したものです。ですが、ここにきて古代のウラマを復活させた団体から、あまりにルールの改変が過ぎるので、ウラマという名前を使わないでほしいと申し入れがありまして」

史奈は容子たちと目を見かわした。

「ご存じの通り、本物のウラマは手を使わないですからね。せめて、手を使わずに競技してくれと。我々としては最大限の譲歩をした結果、選手の皆さんには申し訳ないですが、ルールを変更することにしました」

「しかし、競技の当日になっての変更は、いくらなんでも出場者の負担が大きすぎると思いますが。最初の説明では、『ハイパー・ウラマは、両手が使用できる代わりに、競技場に工夫がある』ということでしたよね」

「もし、選手の皆さんが不満に思われるようでしたら、出場を取りやめてくださっても結構です。もちろん、こちらの都合でルールを変更したためですから、参加料は全額返還いたします」

　眼鏡の男性は、こわばった表情でチームの他のメンバーと額をつきあわせ、なにやら相談を始めた。

　――なるほど、そう開き直られれば、アテナの陸上チームは無理をしてでも出場しなければいけない。

　古代アステカのウラマを復活させた団体からの抗議だなんて、本当かどうか怪しいものだ。

　カーヴァー監督が手を挙げた。

「手を使うなということですが、この場合の手とはどの部分ですか？　ボールを持って運んではいけないということ？」

「そうです。ひじから先を使ってはいけません。肩や上腕を使ってボールを弾くのはかまいません」

「ボールを相手ゴールまで運ぶ時は、サッカーのようにドリブルしろってことですか」

「ドリブルでも、パスでも。頭に載せて運んでもいいですよ」

　半白髪の事務局長が、生真面目な表情で答えた。

「また、ボールがフィールドから飛び出した時、最後にボールに触れていなかった側のチームはスローインできます。この時も手を使ってかまいません」

こまごまとしたルールについて各チームが質問したが、そのあいだ一度も質問せず、腕組みしたまま白けた様子で見ているチームがふたつあることに、史奈は気づいた。〈狗〉たちと、ボディビルダーのチームだ。

「ねえ。彼らだけ、先に新ルールの説明を受けていたんじゃないかな」

そっと長栖兄妹に囁くと、彼らも固い表情で同意する。

「あからさまな妨害だな。俺たちと対戦予定の相手にだけ先に知らせるなんて」

「でも証拠がない。彼らも本当のことなんか言わないだろうし」

容子は、表面はあくまで冷静に、内心で怒りをたぎらせている。

「運営事務局は、〈狗〉のチームが確実に四強に入ると踏んでいるわけだね」

史奈の言葉に、諒一たちがハッとした。

「――そうか。そうなるな」

現時点で、確実に〈梟〉と対戦するのはボディビルダーチームだけだ。事務局が〈狗〉たちにもルール変更について知らせていたのなら、彼らが運営側にいて、確実に四強に入ると見られていることを示している。

「――どうする？」

史奈は諒一と容子を見た。容子が肩をすくめる。

「やるしかないんでしょ」

「――だな」

何も対策を立てていないが、ふたりが即断した。出たとこ勝負も実力のうちだ。諒一と容子は、海外遠征を含め、試合の場数を踏んでいる。

それは、史奈自身に圧倒的に不足しているものだ。

「出場を辞退するチームはありますか」

質問が出尽くしたと見て、事務局長が室内を見渡し尋ねた。誰も手を挙げない。

「では、予定通り競技を開始します。大会運営へのご協力、ありがとうございます。第一試合に出場する二チームは、五分後にAゲートの前に集合してください」

事務的な言葉とともに、トレーニングルームからスタッフがそそくさと退出する。史奈たちと同様、初めてルール変更を知ったチームの中には、苦い顔で作戦を練るべく控室に戻る者もいるが、史奈たちにはそんな時間すら残されていない。

――不安だ。

勝手にルールを変更できる相手が敵なのだ。史奈は初めて、この競技に首を突っ込んだことを後悔しかけていた。諒一たちがいるから、なんとかなると考えていたが、それは裏を返せば彼らに頼っていたということだ。

もうすぐ、第一試合の開始だ。

ボディビルダーのチームは、こちらには目もくれず、さっさとトレーニングルームを出て行った。

「この展開を読めなかったのは、僕らの責任だ。君たちには申し訳ないが、今さら考えてもしかたがない。やれるだけやってみよう」

カーヴァー監督が固い表情で言うと、諒一がにやっと笑い、監督の肩に馴れ馴れしく腕を回した。

「嫌だなあ、監督ぅ。そーんな暗い顔をしないでくださいよぉ。俺たち、とりあえず負ける気がしないんで」

「そ、そうか？」

まだ諒一の扱いに慣れていないらしい監督が、安心していいのかどうか戸惑いながら、諒一に背中を押されるようにグラウンドに向かう。

容子がホッと吐息を漏らした。

「前途多難だけど、なんとかなるでしょ」

「そうだよ、前途多難はいつものことだしな！」

トレーニングルームを出て、長い廊下をAゲートに向かう途中、紋付き袴（はかま）姿の老人と、彼を取り巻く運営スタッフたちに出くわした。

「──おや。これは〈梟〉の」

出水敏郎が、試合当日にも姿を見せるとは思わなかった。こちらが無言でいると、出水はうっすら嫌な感じの笑いを浮かべた。

「今日の第一試合だそうだね。まあ、せいぜい頑張りなさい」

メイクをしていても史奈だとはわかっただろうが、出水は鼻先で笑って取り巻きを引き連れて立ち去った。やはり彼は、ハイパー・ウラマの運営側にいたのだ。

「競技が終わったら、出水もなんとかしよう」

容子が、冷たい視線で出水の背中を見送っている。一族に危害を及ぼす恐れのある相手は、放置できない。

グラウンドは良い天気だった。

Aゲート前には、第一試合に出場するアテナ陸上チームと、ボディビルダーたち、それに運営スタッフが集まっている。

会場では、競技の開始前からにぎやかなアナウンスが始まっていたようだ。アップテンポなポップスをBGMに、アナウンサーと球技や格闘技に詳しい解説者が、早口で競技の成り立ちから出場する選手のプロフィールまで語り合うのが、会場のスピーカーを通して響き渡っている。

テレビ放映は行われないが、試合の模様はネットでライブ配信されるとのことで、カメラのレンズが何台もフィールドを狙っている。

競技場の端には巨大なスクリーンが設置され、競技の模様や解説者たちを映し出せるようになっていた。

『さあ、もうじき競技開始です。第一試合は、先ほどご紹介した通り、アテナ陸上チームとチーム・ユーザー、これはボディビルダーのチームですが、チーム名でもドーピングしていることを宣言していますね』

アナウンサーは、アテナ陸上チームがドーピングせずに参加することも説明している。

『先ほど、大会運営事務局から参加チームに、新しいルールについて発表がありました。当初のルールでは、選手はフィールド内で手を使ってもいいとされていました。新ルールでは、手を使っていいのはシュートエリアだけと変更されたそうです』

『試合当日のルール変更ですか』

『そうですね。異例の事態ですが、参加チームはこれを了承し、納得したうえでゲームに参加するとのことです』

——納得はしてないけどね。

史奈は苦笑いした。このアナウンスも大会運営サイドの指示によるものだろう。急なルール改変を後から抗議されないよう、こんな形で手を打ったのだ。

にぎやかなアナウンスをバックに、史奈は八割がた埋まったスタンド席を眺めた。まだ競技が始まってもいないのに、スタンド席はなかなか盛り上がっている。会場のアナウンスが一役買っているだろうが、スマホに見入っている人も多く、どうやらネットで競技についての動画や情報を流し、興奮を高めているようだ。

ひょっとすると、すでに闇の賭けサイトが立ち上がっているかもしれない。

客席のどこかに篠田と遥もいるはずだが、遠目に見ただけではわからなかった。

紋付き袴姿の出水は、メインスタンドの特別席に澄ました顔でおさまっている。その近くに、いつかネットの動画で見たアシヤという、ハイパー・ウラマの主催者の姿もあることに驚いた。注意して見ていると、時おりアシヤと出水が顔を寄せて、何やら話しているようだ。

——出水は、どこまで深くこの競技に関わっているのか。

史奈は、アシヤと出水に挟まれて座る、濃紺のスーツ姿の男性にも目を留めた。まだ若い。三十代前半ぐらいだろうか。これだけ離れていても、色白で整った容貌だとわかる。おそらくはとびきり高級な生地と身に合った仕立てのスーツだ。遠目だから自信はないが、光沢から考えて、紺地に超極細の銀糸で縦にストライプが織り込まれているのではないか。

——何者だろう。

アシヤと出水の間に座るということは、出水よりもアシヤと親しい存在だ。ハイパー・ウラマの運営団体で実権を握るのがアシヤなら、あの若い男はアシヤに次ぐナンバー2ということだろうか。

グラウンドには、すでにハイパー・ウラマ用のフィールドが白線で描かれている。縦百五メートル、横三十メートル。サッカーのフィールドの幅を狭くしたような形だ。

その両端に、壁が設置されている。丸石を漆喰で塗り固めたようなデザインの、高さ七メートルほどの壁に、金属製の輪っかが地面と垂直になるよう埋め込まれているのだ。これがこのゲームのゴールだった。

「三対三だからな——これでも広すぎるくらいだ」

諒一が呟く。容子が頷く。

「百メートル疾走が見せ場のはずだったけど、ドリブルしながらだと苦しいね」

「いやあ。パスしちゃえばいいんだ」

問題は、あの重いゴムボールを、どうやって離れた場所にいる味方にパスするかだ。

ゲート前で、ロゴ入りの黒い帽子をかぶり白いポロシャツを着た審判から、ルールの最終確認があった。

「腰から上への接触、あるいは攻撃は、たとえ偶然でも、軽くても、どんな理由があったとしても反則です。反則三回で退場ですからよろしくお願いします」

前半、後半それぞれ三十分。その中で獲得した点数が多いチームが勝者となる。

「ルールなんかわかってるから、さっさと始めようぜ」

チーム・ユーザーの熊野が、ふてぶてしい態度で言い放つ。審判が時計を確認した。

「アテナの皆さんも問題ありませんか」

カーヴァー監督が選手三人を見て、「問題ありません」と頷いた。

審判の笛の合図で、フィールドの脇にしつらえられた黄金色の鐘が鳴り響いた。

5

チーム・ユーザーの面々は、ガウンをフィールドの外に脱ぎ捨てて水着姿になった。異様とも言えるほど鍛えあげられた筋肉が、明るい陽光のもとで輝く。巨大スクリーンにも、彼らの筋肉美が投影されると、スタンドを埋める観客がどよめいた。

『いよいよ試合が始まります。今日の第一試合、見どころは何と言っても、ドーピングに反対するアテナの選手たちが、どう体格差を乗り越えるかですね』

『そもそもボディビルダーは、「ナチュラル」と呼ばれるドーピングしない選手であっても、みごとな筋肉ですから。チーム・ユーザーを率いる熊野、この選手は五年前にアメリカで開催される世界最大のボディビルコンテスト「オリンピア」で三位入賞を果たしています。二年前には、国内の大会で優勝しましたが、ドーピングが発覚し賞を剝奪され三年間の出場禁止処分を受けました』

『アジア系は欧米人と比べて、筋肉が発達しにくいとも聞きますが』

『世界で戦うために、ステロイドが必要だったということですかね。こんな言い方はどうかとも思いますが、正直スタジオから見ていても、チーム・ユーザーのメンバーとアテナ陸上のメンバーでは、身体つきが全然違う。アテナの三人はふたりが女性ですし、いかにも小柄で華奢ですね』

『最初から、勝ち目があるとは思えませんね』

会場に垂れ流されるアナウンサーたちのトークを耳にして、諒一が目を怒らせた。

「ほっとけ、つーの」

「体格差だけで勝負がつくような単純なゲームじゃない」

容子も冷たく吐き捨てる。

「フィールドでは私が介入する余地はない。だけど、タイムが必要なら合図して。幸運を祈るよ」

カーヴァー監督が告げ、センターラインに向かう三人に手を振った。ハイパー・ウラマに関しては全員が素人だ。陸上競技部の監督とはいっても、マスコミや運営事務局との調整役であり、競技中はリーダーの諒一に指揮を任せると割り切っているらしい。

「大丈夫？」

センターラインに立つ直前に、容子がこちらを見た。不安な表情を見せていたのだろうかと、史奈は気を引き締め、頷いた。

「心配いらない」

当日いきなりのルール変更といい、対戦相手といい、不安材料なら山ほどあるが、今それを心配してもしかたがない。むしろ、経験値の不足など吹き飛ぶほどの事態に、気持ちの切り替えをしなければならなかった。

コイントスでは、キャプテンの諒一が一歩前に進み出た。審判が高々と投げ上げたコインを手の甲で受け止める。

「負けた。こっちのキックオフだ」

諒一が頭をかきながらセンターラインに置かれたボールに向かう。このあたりのルールはサッカーと似ている。

「取るぞ！」

熊野がだみ声で指示を出し、大虎と犀角がそれに従ってのっそりと動く。彼らはすさまじい筋肉量の持ち主だが、そのぶん身体が重そうだ。鈍重とは言わないまでも、軽快な動きとはとても呼べない。

審判の笛とともに、諒一がボールを前に蹴り出した。犀角がボールを取ろうとたくましい足を出すと、何が起きたのかわからないまま、たたらを踏んだ。自チームのエリアから風のように滑り込んだ容子が、あっさりと横からボールを奪い、走りだしたのだ。

『すばやい動きだ！　キックオフは長栖諒一、妹の長栖容子がボールを取った！　ゴールまで一直線に走りきれるか』

とはいえ、さすがの容子も扱いにくいボールに苦戦している。

「ほら来い！」

その彼女の前に、にやりと笑う熊野と大虎が両手を広げて立ちはだかる。仁王像のようなふたりが前方に待ち構えると、容子の足取りが迷うように乱れた。

——幅三十メートルは意外と狭い。

たったふたりの巨体が立ちはだかっただけで、威圧感があるし抜きにくい。彼らは意識して、体格差を利用しているのだ。

『おおっと！　ここでルナが動く！　アテナ陸上、今大会では唯一の、正体不明の選手です』

史奈は容子を追い抜いて敵陣地に走り込んだ。大虎がこちらに気づいた。容子がこちらにパスを出すと読んだのか、史奈をマークすることに決めたようだ。

大虎の注意が史奈に向いた瞬間、諒一も敵陣地に走った。熊野が諒一と容子を結ぶ線上に意識して立つ。容子はパスを出すと見せて、そのままボールをキープし走った。史奈と諒一を囮にして、敵の注意が逸れた隙に、自力でゴールまで走るつもりだ。

その時、犀角が容子の背後から芝生の上を滑り込んだ。予想外に機敏な動きだった。

『犀角のスライディングタックルだ！』

容子は敏感に犀角の気配を読んでいた。もともと〈梟〉は他人の気配に敏感だ。忍びとして、気配を読めなければ命にも関わる。

とっさにボールを両足首に挟み、身軽に飛び上がって犀角のタックルをかわすと、着地の瞬間にボールを蹴り出した。

「諒一！」

指でも諒一を差しているが、蹴り出したボールはまっすぐ史奈に向かっている。脳が情報を処理しきれず、混乱した大虎が注意を諒一に向けた。その隙に、史奈はジャンプして重いボールを左肩で受け止め、ズシンと大きな音をたてて地面に落ちたボールをドリブルする。

――予想以上に重い。

それに、蹴ってもなかなか前に進まない。スピードで大虎に劣るわけはないが、このボールを抱えていると事情は別だ。

――センターラインからゴールまで、たった五十メートルほどなのに。

『ハイパー・ウラマの公式ボールは、重さが四キロあるということです。サッカーボールは四百五十グラム前後ですから、十倍近い重さですね。しかも中までゴムが詰まっているということは、これは弾みにくいですね』

史奈は大虎の追撃をかわし、ゴール前に走った。諒一がシュートエリアに入り、ゴールの左側でボールを待っている。彼にボールを送りたいが、熊野が抜け目なく間に立ちふさがる。

とっさに史奈は、ボールを誰もいない右側に蹴り出した。慌ててそちらに駆けだす熊野を止めるため、諒一がタックルした。これはみごとに決まり、巨体の熊野が芝生に引き倒される。通常の球技では、ボールをキープしていない選手にタックルするのは反則だが、ハイパー・ウラマでは許されているのだ。

〈梟〉は子どものころから野山を共に駆け回るせいか、以心伝心、特に言葉で指示しなくとも、仲間が何を考えているかはだいたいわかる。それこそが、この競技における〈梟〉の最大のアドバンテージだと、史奈にも理解できた。

シュートエリアに走り込み、転がっていくボールをつかんだのは史奈自身だった。

ゴールの高さは六メートル。バスケットボールのゴールなら高さ三メートルほどだが、史奈はジャンプには自信がある。

しかも、壁がある。

──必ず入る！

壁を二歩で駆け上がり、史奈の身体がかるがると宙に舞うと、スタンドがどよめいた。

『蝶です！　ルナ選手の顔には、揚羽蝶の図案が描かれていますが、彼女の動きもまるで蝶のようです！』

興奮ぎみにアナウンサーが叫んでいる。

金属製の輪っかにボールをたたきこむ。手で持ちさえすれば扱いやすいボールだが、輪っかのサイズがボールとほとんど同じで、ミリ単位の正確な制球が求められる。

『ルナがゴ―――ル！　本大会初のゴールです！　アテナ陸上、チーム・ユーザーから一点を先取しました！』

シュートエリアに着地し、ホッとして振り向いた時、異変に気づいた。

諒一は先取点に躍り上がって喜んでいる。だが、その後ろに見える容子は――。

――右足を引きずっている？

夢中で容子に向かって走った。遅れて何か起きていると気づいた諒一が、監督に「タイムを取ってくれ」と合図している。

『これは、アテナ陸上の長栖容子選手、先ほどボールをルナにパスした際に、右足首を痛めたようです。軽く足を引きずっています』

『彼女はウルトラマラソンで世界的にも有名な選手ですが、あのボールはそうとう重いですからね。本来のウラマで使われたゴムボールは、七キロほどもあったそうです。そこまで重くはないにしても、四キロの硬質ゴムをキックすれば、足首を痛めても不思議ではないですね』

「容子ちゃん！　足、どうしたの」

カーヴァー監督がタイムアウトを要請し、救護が必要な状態かどうか確かめるために、救急箱を提げて駆け寄ってくる。

「ごめん、しくじった。ボールを蹴り出した時に軽くひねったみたい」

「なにやってるんだよ容子、四メートルの崖から飛び降りても平気なくせに」

しゃがんだ諒一が唇を尖らせながら、心配そうに足首に手を当てる。

「ちょっと腫れてきてるな」

「大丈夫」

「容子君、無理はいけない。今後の競技生活もあるんだ。場外で休むか、いっそ試合を棄権しても――」

「それはダメです」

心配そうな監督の言葉に、諒一と容子が声をそろえた。

「一点先取してるんだよ！　このまま一点、守り抜けばいいんだから」

「そうです。ご心配をおかけして申し訳ありませんが、私なら大丈夫です。テーピングして、無理せず守りに徹します」

容子はさっそく救急箱を開け、テキパキと足首にテープを巻き始めている。

「容子は俺たちのゴールのそばにいて、万が一、向こうが攻めてきた時に邪魔してくれればいいさ」

「そうか？　くれぐれも無理しないように」

　来年の春、容子がアテナ陸上と契約すれば、チームにとって心強いのは間違いない。監督は目を細めて頷いた。

「ふみ——いや、ルナ」

　諒一がうっかり史奈の名前を呼びかけて、慌てて言い直した。

「おまえが取った一点、守るぞ」

「作戦は？」

「次はあいつらのキックオフだ。まずはボールを奪って、前半の残り時間、俺たちでボールをキープする」

「わかった」

　タイムアウトが終了し、審判の笛が吹かれた。キックオフだ。センターラインに選手が集まり、容子はゴールの壁のそばまで下がった。

「かよわいお嬢ちゃんたちは、引っ込んでりゃいいんだよ」

　キックオフでボールを蹴るのは、熊野のようだ。笑いながら嫌味を言った彼は、センターラインから後ろに下がり、両手の拳を胸で合わせ、挑戦的に歯を剝き出して筋肉を盛り上がらせた。ボディビルのファンも来ているのか、スタンドから小さくない歓声が上がる。

「うおおおお！」

熊野が走りだすと地響きが聞こえるようだ。彼はそのたくましい足で、思いきりよくボールを蹴り上げた。

『ゲーム再開、熊野が蹴った——！』

重いゴムボールが、史奈たちの頭上をはるかに高く越え、アテナ陸上チーム側のフィールドをほぼ飛び越して、容子がいるあたりに落下した。フィールドに穴が開いたのではないかと思うほどの衝撃が地面に走る。

「——あいつ、舐めやがって」

諒一がぼそりと呟くのが聞こえる。自分たちは四キロのゴムボール程度で身体を痛めたりしないという、肉体誇示に違いない。

容子が目の前に落ちたボールを放置するわけがない。失敗を繰り返す彼女ではなかった。

すばやく地面に両手をついて腰を落とすと、腰でボールを打ち出した。

『いま長栖容子選手が使ったのは、古代アステカで行われていた、本来のウラマの技ですね。手や足を使わず、腰や尻、太ももなどでボールを操るんです』

『なるほど、この方法なら足を痛めたりしませんね』

ボールを受け取った諒一は、相手チームのフィールドに攻め込むと見せかけて、ボールを奪われないよう、のらりくらりと逃げ回り始めた。

ウルトラマラソンの第一人者でもある諒一は、スピードと持久力の両方に自信がある。体格は、チーム・ユーザーの面々と比べればヒグマとカモシカほども違うが、巨体のボディビルダーは軽快な諒一の動きに振り回されている。このまま前半残り二十分を逃げ切るつもりだ。

『長栖諒一、先取点を守り抜く作戦ですね』

『ひとり負傷者がいますから、賢いというか、まあ当然の作戦ですよね』

解説者たちは、あいかわらず他人事のように評している。

「おまえら、可愛いふりして汚いな」

史奈のそばを通過するときに、大虎が吐き捨てるように言った。諒一を三人がかりで囲もうとしているが、諒一の動きが良すぎて追いつけないのだ。捨て台詞は、むしろご愛嬌だった。

前半戦はそのまま終了するかと思われたが、ラスト一分前になり、審判の笛が吹かれた。右手に黄色い旗を持ち、諒一を指さしている。反則一回だ。

「えーっ、何だよそれ」

不服そうな諒一だが、熊野たちはニヤニヤしていた。

『ここで審判が、長栖諒一にイエローフラグを出しました。長栖選手の消極的な態度が、ルール違反と見られたようです。試合を止めて、再びセンターラインからチーム・ユーザーのキックオフ。イエローフラグ三つ、つまり反則三回で退場となります』

――なるほど、消極的な態度ね。

ハイパー・ウラマは当初、陸上競技と格闘技の融合と謳われていた。今日の試合の流れは球技に近いが、格闘技としての側面から見れば、逃げ回るだけでは試合にならないというわけだ。

ふくれっ面の諒一が、審判にボールを渡した。再び熊野がセンターラインからキックオフしたが、ボールが転々とフィールドを転がる間に前半戦終了の笛が鳴った。

感情表現の豊かな諒一が、両腕を上げて「よっしゃ！」と叫んだ。

「三人ともお疲れさま。前半はみごとに守りきったね。後半はどうする？」

十分休憩のあいだに、容子は痛めた足を本格的に手当てし、監督とともに後半戦の作戦を練る。

「休ませてもらったので、後半は私も少し動けると思う」

容子が水分を摂取しながら言ったが、諒一が首を縦に振らなかった。

「いや、容子の足はむしろ温存したい。今日が最後じゃないんだ。次は来週だけど、まだあと三回も試合があるんだからな」

「――あんな奴ら楽勝だと思ったのに」

容子が唇を噛んだ。

「何言ってんだ。どんな相手や試合でも、楽勝なんてことはありえない。相手を舐めたほうが負けるんだ」

諒一が珍しく真面目な表情でたしなめ、「――って母ちゃんが言ってた」と続け、ぺろりと赤い舌を出した。諒一らしい。

史奈は、休憩に入る前に見た、特別席の様子が気になっていた。ハイパー・ウラマの主催者アシヤと出水が近くに座っていたはずだが、いつの間にか出水の姿が消えていたのだ。アシヤの隣には、あいかわらず濃紺スーツの若い男が座り、時々アシヤと言葉を交わしている。

――嫌な予感がする。

出水は、このままでは〈梟〉が勝ち上がると見て、何か手を打つつもりではないか。

だが、十分間の休憩時間に史奈ができることはない。

「諒一と私でパス回ししながら、追加点を入れる？」

「ダメ押しで、もう一点取れればなあ」

結局、良い案も浮かばなかったが、休憩はそこまでだった。

「とにかく、初めてづくしの競技なのに、三人ともよくやってるよ。無理はいけないけど、勝ちを狙おう」

監督の言葉に、「もちろん」と諒一が素直に頷いた。

後半戦、相手チームのキックオフからだ。センターラインの近くを歩きながら、史奈は三たび特別席を見上げた。やはり出水はいない。

——どこに行ったのか。

なにげなくスタンドを見回したが、特に気になる光景があるわけでもない。なんとなく篠田と遥を探している自分に気づいた。

(史ちゃん、戦に出た時はな。自分はひとりやと思わないといけない。たったひとり、自分自身の足で立って、頭で考えて、敵と戦うのや。仲間は大事やけど、頼りきってもあかんのや)

祖母の声が聞こえた気がした。なるほど、自分は無意識に〈梟〉と仲間の存在を頼りにしていたのかもしれない。

後半戦開始の笛が鳴ると、前半戦とはまったく雰囲気の異なる試合が始まった。

キックオフは犀角だ。犀角が蹴り出したボールを、史奈がカットし、相手チームのゴールに向かって走りだした時だった。

熊野が身体を低くし、唸(うな)り声(ごえ)とともに駆けだした。こちらに来る、と史奈は身構えたが、熊野が向かったのは諒一だった。

——えっ。

諒一の下半身にタックルしたのだ。意表をつかれた諒一は、慌てて飛び退いた。

「なんで俺んとこに来るんだよ！」

「この競技は球技じゃない、格闘技なんだよ！」

熊野が吠える。

熊野が言わんとすることは、史奈にも理解できた。つまり前半戦は、両チームともスポーツとしての球技にとらわれていたのだ。ハイパー・ウラマは、既存のスポーツとは一線を画する存在だった。球技でも、陸上競技でもない。もちろん一般的な格闘技とも異なる。そもそも、ドーピングを認める格闘技なんて、まっとうな競技じゃない。

――ハイパー・ウラマは、相手を潰せば勝てるのだ。

ひとつのチームに選手は三人しかいない。ひとり、ふたり欠けただけで、チームとしては機能しにくくなる。容子の負傷で、彼らはそれに気づいたというわけだ。

あるいは――。

史奈はふと、特別席から姿を消した出水を思い出した。もし、出水がチーム・ユーザーと裏で通じているのなら、アテナ陸上チーム優勢と見て、新たな指令を出した可能性はないか。

――潰せ！　壊せ！　たたきのめせ！

チーム・ユーザーの三人には、これまでになかった殺気が漲っている。

6

フィールドで行われていることに、観客も気づいたようだ。前半戦とは違った歓声とも悲鳴ともつかぬ声が上がる。

『これは驚きましたね。チーム・ユーザーの熊野選手、必殺戦法とでも呼ぶべきでしょうか、まるで球技から格闘技に切り替えたかのようです』

『明らかに体格差がありますから、フィジカルな攻撃ではチーム・ユーザーが有利になるかもしれません。長栖諒一選手、逃げ回っています』

『これまで存在しなかった新競技ですから、ルールブックをどのように解釈して、自分たちに有利な展開に持ち込むか、選手たちも知恵を絞っているといったところでしょうね。ちなみに、今の攻撃については、前半でもお伝えしました通り、ハイパー・ウラマのルールブック上は反則と見なされないようです』

前半とは違う戦い方が必要だ。だが、むしろ〈梟〉にとっては望むところだった。

──比喩じゃない。これは、本当の戦だ。

そう史奈が感じ取った瞬間、身体の中で何かが覚醒した。〈梟〉のＤＮＡ。眠らず、暗闇で目が利き、戦国時代のさらに昔から倦まずたゆまず鍛錬を続けてきた数百年の歴史が、一族の身体に眠っている。それが、戦いの臭いを嗅いで、目を覚ました。

諒一と容子も静かに変化を遂げていた。

——私たちは、忍びの一族。

隠遁の生活を捨てて現代的な暮らしに染まり、著名なアスリートとして名前と顔を知られる生活を送っていても、長栖兄妹もまた、忍びの血を色濃く継いでいる。

容子は負傷のせいで思うように走れない。そう見て取り、熊野と大虎は諒一に集中すると決めたようだ。ふたりがいっせいに諒一に襲いかかる。史奈の相手は犀角ひとりだった。

「悪いな、お嬢ちゃん」

ボールをキープする史奈に、ずんぐりとした犀角が上半身を丸めて弾丸のように突撃してきた。腰から上は攻撃できない。ひとまず飛んでかわす。

『チーム・ユーザー、確実に相手チームを潰す作戦です。ボールを持つルナ、果たして逃げきれるのか！』

勢いあまって行き過ぎた犀角を振り向きもせず、史奈は駆けた。彼らがこちらを潰すのに夢中になってボールを忘れているのであれば、この隙に追加点を入れるまでだ。

何かのスイッチが入ったのか、あるいは慣れてきたのか、重いと思っていたボールが楽に取り廻せる。

犀角は追いつけない。ボールがなければ、そもそも史奈のスピードに迫れる人はそういないが、ボールがあっても犀角は追いつけない。毒づきながら駆けてくる。

諒一に殺到していたふたりのうち、大虎がこちらに気づいてターゲットを切り替えた。史奈は走りに集中し、シュートエリアに飛び込むとすぐボールを抱えた。大虎と犀角が息を切らしながら駆け込み、後ろから史奈の足にタックルする。

そこには、もう何もなかった。

ふたりは史奈が消えたと思ったはずだ。観客には、助走も踏切もなしで、尋常でない高さの前方宙がえりをする史奈が見えたはずだった。

着地の瞬間、史奈はゴールの向こう側にボールを投げた。

そこに、容子がいた。

足の負傷を理由に、容子は自チーム側のフィールドから出てこないと、相手は思い込んでいた。だから、容子は出てきた。

——敵の裏をかけ。

容子は誰にもマークされていなかった。〈梟〉は、肝心な時に自分の気配を消すのも得意だ。大虎たちが態勢を整える暇もなく、容子は壁を駆け上がり、ゴールにボールを押し込んだ。

『ゴ————ル！　アテナ陸上、二点めは長栖容子が取った！』

アナウンサーの声が競技場に響き、会場はどよめいた。

『さすがアテナ陸上、素晴らしいチームプレーでしたね。チーム・ユーザーは、対戦チームを攻撃不可能な状態にすることに集中しすぎたようです』

『おや、フィールドの様子がおかしいですね――誰か倒れたようです』

アナウンスを聞き、史奈は驚いて振り返った。地面にしゃがみ、審判に救護を呼び掛けている諒一の姿がまず目に入る。

諒一の前に、熊野の巨体が倒れていた。右足を胸に抱えこみ、地面を転げまわりながら苦しんでいる。

「早く！　担架と救急車だ！」

慌ただしく、審判と救急スタッフが担架を抱えてフィールドに走ってくるのを選手たちは茫然(ぼうぜん)と見つめた。大虎と犀角も青白い顔になり、熊野に駆け寄る。

スタッフ二名では体重百五十キロの熊野を運べず、四名がかりでようやく担架で運び出していく。

「何があったの？」

容子が兄のもとに行き、尋ねた。

「あいつが俺の足を蹴ろうとしてくるからさ、逃げ回ってたんだよ。何度も飛んだり跳ねたりしてるうちに、勝手に倒れたんだ」

熊野の蹴りをまともにくらえば、足が折れるかもしれない。諒一が逃げるのは当然だ。

「足を痛めたようだったね」

史奈はAゲートから運び出されていく熊野を見送り、呟いた。

競技場を出ていく救急車のサイレンが聞こえた。こうした事態に備えて、あらかじめ救急車を用意していたようだ。

『いま入った情報です。チーム・ユーザーの熊野選手が、右足の負傷を訴え、病院に搬送されました。アキレス腱の断裂が疑われているとのことです』

解説者たちがあらためて熊野の経歴をおさらいしている間に、審判とチーム・ユーザーの大虎たちが集まり、厳しい表情で話し合っている。どうやら、大虎と犀角が、熊野の負傷は諒一の違反行為によるものだと抗議しているようだ。

「やれやれ。二点負けた状態で熊野がリタイアなら、もはや勝ち目はない。向こうも必死だね」

容子が冷たく言い、返す刀で諒一に聞いた。

「で、兄さん何かやったの？」

「俺は攻撃をかわしただけだよ！」

諒一が情けない表情で肩を落とした。

『ここで、チーム・ユーザーからアテナ陸上チームの違反申告があり、ビデオ判定になったようです。先ほど、熊野選手が倒れる直前に、長栖諒一選手が手を使って熊野選手を突き飛ばしたという訴えです』

解説者のアナウンスに、会場がざわめく。

ハイパー・ウラマの競技場には、動画チャンネルなどでのライブ配信用を含む多くのビデオカメラが設置されている。死角はない。

審判団が映像を確認する数分間、史奈たちは手持ち無沙汰に待つしかなかった。

巨大スクリーンに、リプレイの映像が映し出される。熊野が諒一を執拗に狙い、何度も蹴りを繰り出すが、諒一がステップを踏んで避ける様子が映り、肝心のシーンになるとふたりの動きが克明に確認できるよう、スローモーションに変わった。

『審判団の結論が出たようですね、長栖選手の手は当たっていません！　熊野選手が長栖選手の下半身を蹴ろうとスライディングした際に、無理な体勢で足首をひねったように見えました』

解説者の説明に、会場から歓声が上がる。

「ほら見ろ！」

諒一が口を尖らせた。チーム・ユーザー側は渋面を隠さず、大虎と犀角が肩を寄せ、ひそひそと暗い表情で会話している。

しばらくすると、審判が長い笛を吹いた。

『試合終了！』

審判に手招きされ、アテナ陸上チームも彼らのもとに集合する。カーヴァー監督も走ってきた。

『後半残り時間は十六分ですが、チーム・ユーザーはひとり欠員が出た上に、すでに二点負けていますので、ここで試合を棄権するとの申し出がありました。よって、第一試合の勝者はアテナ陸上チームとなります』

審判がマイクを握って報告すると、どよめきとともにまばらな拍手が起きた。怪我人が出た上、あまりにあっけなく試合が終了したため、観客もどう気持ちを整理すればいいのか困惑しているのだろう。

審判の「礼！」という掛け声で、アテナ陸上チームとチーム・ユーザーのふたりはセンターラインを挟んで並び、一礼した。

それがきっかけで、ようやく観客席から大きな拍手と喝采が起きた。

大虎と犀角が憎々しげにこちらを見て、肩をそびやかすようにして競技場を出ていった。精一杯の虚勢だろうか。

――勝った。

だが、まだ実感が湧かない。試合時間の途中で終了したからだろうか。勝利を喜ぶ気持ちも湧いてこない。なんとなく不安定な、ふわふわした状態のままだ。

「まだ一回戦だよ、ルナ」

容子がこちらの気持ちを見透かしたように声をかけ、背中をたたいた。

「勝利のインタビューは監督と諒一に任せて、私たちは控室に戻りましょう」

ゲートには郡山広報室長が待っていて、史奈たちが近づくと遠慮がちな笑顔を見せ、小さく拍手してくれた。

「怪我人が出ているから、素直に喜べないね。だけど、あれは自業自得だよ」

「あんな攻撃方法もあると、後に続く参加者に教えたようなものです。ろくでもないチームですよ」

容子はにべもない。

郡山と控室に戻る道すがら、容子がふつうに歩いていることに気がついた。

「容子ちゃん、足は？」

「大丈夫。さっきは少し怪我の程度を大げさに言ってたの。敵がそれを信じてくれたら、隙ができるから」

容子が片目をつむる。なるほど、「敵を欺くにはまず味方から」だ。容子は自信たっぷりだが、それはゲームのすべてを掌握し、コントロールしているという自覚があるからに違いない。

「あの、アテナ陸上チームの方ですね！」

控室に戻る直前、Cゲート付近で小さな花束を抱えた若い女性のふたり組に声をかけられた。若いというより、幼い。髪をポニーテールにしていて、中学生か高校生くらいに見える。興奮と恥ずかしさのためか、ふたりとも頬をピンク色に染め、花束と菓子店のロゴが入った紙袋を差し出した。

「私たち、大ファンなんです。応援しています！　ぜったい優勝してくださいね！」

——差し入れは受け取れないと公表しているのに。

史奈が戸惑っている間に、郡山が如才ない笑顔で割り込み、ふたりの少女に礼を言っている。

「ごめんね、いろんな事情があって、大会が終わるまで、選手は差し入れを直接いただけないんです。だけど、大会が終わったら必ず彼女らに渡すから、いったん僕が預かりますね」

ふたりの少女は、がっかりしたように「そうなんですか」と呟いたが、それでも最後は健気に笑顔を見せて、「頑張ってください」と手を振った。史奈もぎこちなく微笑み、手を振り返したが、容子はちらっと彼女たちを見ただけで、さっさと控室に入ってしまった。

「——あんな子どもたちまで疑わないといけないなんて」

「史ちゃん、私が敵側なら、子どもを使って毒入りの差し入れを送る」

容子らしい言葉だ。自ら盾となって花束と菓子を受け取った郡山は、容子の言葉に苦笑いしながらそれを部屋の隅に置いた大きな容器にしまうと、鍵をかけた。

「大げさだと思うかもしれないけど、大奥様のご指示でね。密閉容器なんだ。揮発性の薬物を使われる可能性もあるとのことで――まあ、受け取らないのが一番なんだけど、さすがにファンの気持ちを考えるとね。後で、君たちがいない場所で開封して、手紙などが入っていないか確認し、花束と菓子は悪いけど写真を撮ったうえで処分させてもらうよ。後で礼状を書くなら、話を合わせられるように同じ菓子を別に買ってくるから」

諏訪響子や容子は、自分よりずっと厳しい世界に生きている。史奈は、自分の認識の甘さを指摘された気がした。

「次の試合は『彼ら』ね」

容子が呟く。一日めの第二試合は、〈狗〉が登場するのだ。監督や郡山は〈狗〉と〈梟〉の確執を知らないが、知ったところで何かできるわけでもない。〈狗〉と〈梟〉が順調に勝ち上がれば、準決勝で当たる予定だ。

「一応スタンド席も取っているけど、どこで見る？」

郡山が尋ねた。控室には大型モニターも用意されており、そちらで配信中のライブ映像が見られるのだ。

「ここのほうが集中できそう。スタンド席だと、周囲に気を配らないといけないし」

容子の意見が正しいだろう。郡山もホッとするような表情を浮かべた。

会議室の椅子を引っ張り出して腰かけ、リモコンを手に取った容子が、音量を上げた。ちょうど、カーヴァー監督と諒一のインタビューがお立ち台で行われているところだ。

『今のお気持ちは』とか『体格差を見てどう感じたか』などという、ありきたりな質問が続く中、後ろ姿に見覚えのある記者が手を挙げた。方喰記者だ。

『アテナ陸上が参加したことで、この大会はドーピングの是非を問う、非常に意義あるものになったと思います。長栖さんにお聞きしたいのですが、今日の一回戦に勝ち、残り三回、負けられない戦いが続きます。負けられない戦いに挑戦する心構えを聞かせていただけませんか』

マイクを握った諒一が、珍しく不敵に笑う様子をカメラがとらえている。

『えっと、何も考えないようにしています』

会場の記者たちから忍び笑いが漏れた。

『「絶対に負けられない」なんて肩に力を入れると、いつも通りの実力を出せないかもしれない。だから、のびのび自然体でいようと思っています』

『緊張はしませんか』

『緊張するのも、いつも通りですよ』

照れたように諒一が笑う。なるほど、たしかに自然体だ。記者たちが好感を抱くのが、画面越しにも感じ取れる。こんな受け答えを自然にできるのも、諒一が場数を踏んできた証拠だろう。

「ねえ、榊さん。さっきの試合を見ていて感じたんだけど」

郡山が、史奈のそばに来て座る。

「やっぱり君も、本気で陸上競技を始めるつもりはないかな。運動部にいたことがないなんて、信じられない動きだったよ」

中学時代から、運動部の勧誘は常に受けていた。陸上部、女子サッカー部、バレーボール部、なんでもだ。ただ、祖母は史奈が運動部に入って目立つことを肯んじなかった。

「まだ、自分がこれから何をすべきなのか、わからなくて」

「そうか――。スポーツは絶対向いてる。もし、他にやりたいことがないのなら、陸上なんておススメだよ」

郡山は熱っぽく勧誘していたが、容子のクールな視線に気がつくと、ちょっと慌てたように立ち上がった。

「監督にも話しておくから、ぜひ真面目に考えてみてね」

「ありがとうございます」

――自分はどうしたいのか。

その答えがかんたんに出せればいいが、史奈はまだ自分の将来設計を描けずにいる。

こんなに早く、一族を率いる〈ツキ〉のひとりになるとも考えていなかった。祖母は健康だったし、まだ二十年、三十年と自分たちを指導してくれるものだと思っていた。

だが、その祖母はもういない。

大学では、〈梟〉の神社に残された古文書を解読するための勉強をしている。それが終わったら、自分は何をすればいいのか。

にぎやかな声が近づいてきたと思うと、控室のドアが開き、諒一と監督が入ってきた。

「どうしたの？」

ふたりの様子を見て、容子がわずかに気色ばみ、立ち上がる。

「諒一？」

「大丈夫、大丈夫！」

諒一はいつもと変わらないが、監督は走ってきたかのように息を弾ませている。

「ファンが追っかけてきたんだ。走って逃げてきた。途中で警備員さんがブロックしてくれたから良かったけど、危うくここまで押しかけてくるところだったよ」

容子が舌打ちし、腕を組んだ。郡山も眉をひそめている。

「それはいけない。運営に抗議して、建物内には関係者以外入れないようにしてもらいましょう」

「そうだね。ファンのふりをして、おかしな人が混じっている可能性もあるし。こちらも警備スタッフを増強したほうが良さそうだ」

諒一たち三人の選手に、なんらかの薬物を摂取させようと、敵陣営が仕掛けてくることをアテナ陸上チームは警戒している。

「次の試合が始まるぞ」

切り替えの早い諒一がモニターに飛んで行き、かぶりつくように前に座った。

映像は、センターラインに並ぶ〈狗〉の三人と、対戦相手をクローズアップしている。

――森山疾風がいる。

こんな競技は嫌いだとか、出ないとか言っていたが、蓋を開けてみればやはり、森山は〈狗〉の中心的な選手のようだ。誰にでも嚙みつきそうな仏頂面で、対戦相手を威嚇するように睨め回している。

『お待たせしました。第二試合、チーム河童対、チーム・ワイルドドッグが、いよいよ始まります。チーム河童をまとめるのは、元競泳オリンピック銀メダリストの品川真也。品川選手は、二年前の競泳世界大会の尿検査で禁止薬物の陽性反応が出て、四年間の資格停止処分を受けたんでしたね。不服申し立てをしましたが、意図的なドーピングでないことを証明することができず、厳しい処分となりました』

『品川選手の場合、メチルエフェドリンという物質が検出されたんです。市販の風邪薬を、うっかり使ってしまったと釈明したんですが、オリンピックにも出場するような一流の選手がうっかり、というのは認められなくてね。厳しい処分内容になりました。意図的なドーピングでないことを証明するのは、非常に難しいんですよ』

『チーム河童の残るふたりの選手は、品川選手の友人だそうです。ドーピングしているかどうか明らかにしていませんが、品川選手に負けず劣らず、良い体格ですね』

『ドーピングの有無は、公表しなくていいんですか』

『はい、公表するかどうかも含めて、選手の自由裁量に任されています。チーム・ワイルドドッグも、ドーピングに関しては公表せずとの立場を取っています。ですが——』

アナウンサーが言葉を切り、カメラはぐっと森山たち〈狗〉の三人に寄った。ぼさぼさの蓬髪(ほうはつ)、ギラギラと光る目、時おり歯を剝き出して敵を威嚇する態度、すべてが彼らの目には「クロ」だと映ったようだ。ユニフォームも、胸元に吠える犬を描いた黒の半袖Tシャツに、下はジーンズだった。「競技を舐めている」と見られてもしかたがない。

『彼らも何かの競技者なんですか』

『いえ、実はワイルドドッグについては、その点も明らかにしていないですね。協会に提出されたチームのプロフィールには、三人とも「肉体労働者」と書かれていました』

このアナウンサーの暴露に、スタンドの観客たちがどよめき、面白がっている様子が画面に映し出された。

カメラが森山たちの対戦相手、チーム河童の三人を映すと、史奈は品川という選手が、ルール変更の説明会でスタッフに質問していた黒縁眼鏡の男だと気がついた。オリンピックに出た選手なら、どうりで顔に見覚えがあったわけだ。

おとなしく真面目そうな男に見えたが、ランニングのユニフォームに着替えると、さすがに胸板が厚く、鍛えた体格があらわになる。ふざけた姿の〈狗〉たちなど、敵ではないと観客も思っているだろう。

――だが。

黄金色の鐘が鳴って競技開始を告げた、その五分後に試合は終わった。

続行不可能に陥ったのだ。

キックオフでボールを蹴ったのは、チーム河童の品川だった。次の瞬間、森山がスライディングタックルを仕掛けた。結果、品川の右足が折れた。見ただけで折れたとわかる、あらぬ方向に足首が曲がってしまったのだ。

スタンドが騒然とする中、品川はフィールドに倒れて痛みに苦しみ、チーム河童メンバーの激烈な抗議を森山たちは平然と聞き流している。

『信じられません！　これは競技でしょうか、それとも私たちはただの暴力行為を見ているのでしょうか。たしかにハイパー・ウラマは、腰から下への攻撃を禁じておりません。ルール上は、チーム・ワイルドドッグ側の攻撃は違反ではありません。ですが、こんな攻撃が許されるのでしょうか――』

『しかし、先ほどのアテナ陸上チームに対するチーム・ユーザーの攻撃も、アテナ側が上手にかわしただけで、内容は変わりませんよ。攻撃された側の怪我の程度が異なりますが、攻撃の方法や内容が同じなので、先ほど処分なしと判断したのなら今回も処分できないでしょう』

興奮して叫ぶアナウンサーをよそに、解説者が冷静に指摘する。解説者の言葉通り、森山はイエローフラグを出されなかった。

『試合終了！』

審判が笛を吹く。

〈狗〉の三人はだらだらと、チーム河童のふたりは小走りにセンターラインに集まり、形だけ頭を下げた。チーム河童の残されたメンバーが、敵愾心に満ちた視線を森山に送るのが、映像でも見て取れた。

『あらゆるスポーツの歴史を見ても、開始五分で続行不可能、試合終了という展開は、稀なことではないでしょうか。いま、品川選手を乗せた救急車が出ていきます。チーム河童、品川選手を欠いては試合続行不可能と判断し、棄権を申し出ました。しかし、これは――』

『いや、こんな展開は予想もしませんでしたね。品川選手が重傷を負っているのに、こんなことを言うのは不謹慎かもしれませんが、チケットを購入して見に来た観客は、茫然としているんじゃないですか？』

もはや解説者とアナウンサーの語りが、苦渋に満ちている。

「興行という観点では、これは大失敗ね」

大型モニターの前で、容子が辛辣な批評を加える。彼女の言う通りだ。ハイパー・ウラマの運営者は、この競技を格闘技と球技が融合した新しいエンターテインメントとして世界に売り出したいはずだ。高いチケットを購入して見に来ても、開始五分で試合が終わってしまうようでは、観客も面白くないだろう。

「サッカーの試合では、たまに不適切なスライディングで選手が骨折する事故も起きる。相手の安全を脅かすようなタックルは、ファウルとして警告を受ける。ハイパー・ウラマはそれを『格闘技』という言葉で許容しているんです。異常だよ」

カーヴァー監督が、少し気を取り直したように言葉を添えた。品川選手が受傷した瞬間は、郡山広報室長とともに、青ざめて口を手で押さえていた。あの様子では、選手生命にも関わる大怪我だろう。

「先ほどのボディビルダーたちが、この試合の流れを作ったんですよ。諒一君がしつこく狙われましたけど、あれだけやってもファウルにならないんだと、見ていてみんな驚いたでしょうから」

郡山はまだ衝撃で顔をこわばらせている。監督が頷いた。

「運営に抗議しましょう。こんなやりかたは格闘技ですらない。怪我人が続出しますよ」

画面に、〈狗〉の森山が戻ってきていた。監督はいないのか、森山ひとりがお立ち台に立ち、記者たちを傲然と見回している。

この傲慢な態度といい、とても好感は持てないが、度胸だけは認めざるを得ない。記者たちは森山を質問責めにするつもりでサークルを囲んでいるのだ。

『先ほどの危険プレーについて、森山選手から品川選手に言いたいことはありますか』

『はあ?』

記者は謝罪の言葉を期待したのだろうが、森山は馬鹿にしたように唇を歪めた。

『あの程度で危険プレーなら、この競技場に入る資格はないな。もっと身体を鍛えろと言ってやればいいのか?』

記者たちの顔色が変わる。

『品川選手、明らかに骨折でした。選手生命に関わる大怪我だと思いますが――』

『嫌なら出なきゃいいんだ』

『今日のようなラフプレーをすると、逆にあなたも狙われる可能性がありますが』

『おう、やってみな。待ってるぞ』

森山が鋭い犬歯を剝き出し、にたりと笑う。史奈は悟った。この男は明らかに、ハイパー・ウラマにおける悪役を自任しているのだ。

マイクを握ったまま、森山はカメラをまっすぐ睨み、指さした。

『アテナ陸上部、見てるか！　俺たちとまともに戦えるのは、おまえたちだけだ。さっさと上がってこい』

監督と郡山が言葉を失っている。〈梟〉と〈狗〉の相克を知らないので、何が起きているのかわからないといった顔だ。

――宣戦布告だ。

これは、〈狗〉の暴走ではなく、興行の失敗でもないかもしれない。〈狗〉たちは、最初からハイパー・ウラマを盛り上げるための悪役として、参加を要請されていたのではないか。

「あいつ、狙って品川の骨を折ったな」

諒一がぼそりと呟いた。ふだん軽薄なほど甘ったれた態度の諒一が、急に真面目な口調になる時は、たいてい深刻に怒っているのだ。

ドアの外が急に騒がしくなった。

誰かが口論しているような声と足音が聞こえる。誰かが「アテナ陸上！」と叫び、警備員が制止しているようだ。郡山が「様子を見てくる」と言いながらドアに駆け寄り、細めに開いた。その横顔が、何か納得の表情に変わった。制服姿の警備スタッフが、ドアの向こうに見えた。

「チーム河童のメンバーです。話したいことがあると言っていますが、どうします？」

「入ってもらおうよ」

諒一が腰を下ろしたまま即座に言い、監督やこちらを見回す。本来なら、部外者はいっさい近づけないはずだったが、誰も反対せず、郡山がふたりを招き入れた。品川選手の友人というふれこみだったが、年齢は三十前後、中背で、日焼けして引き締まった身体つきを見ると、スポーツをやっているのは間違いなさそうだ。

彼らは、壁面のモニターに中継が映っているのを見て、アテナ陸上のメンバーも試合を見ていたことを確認すると、向き直った。

「面会を許可してくれて、ありがとうございます。品川の友人で、チーム河童で一緒に競技に出ていた者です」

ふたりは高橋と小林と名乗った。中学校の水泳部で品川と仲が良かったのだそうだ。高橋はスポーツクラブのインストラクターで、小林は会社員だとかんたんに自己紹介した。監督が頷く。

「品川選手のお怪我、中継で見ていました。大事ないことを祈ります」

「ありがとうございます。僕らもこれから病院に向かうのですが、その前にアテナ陸上さんにお話とお願いがあって」

彼らは思いつめた目を見かわした。品川もそうだったが、真面目な好青年に見える。

「品川は今日、ドーピングなんかしていませんでした。むろん、僕らもです」

監督と郡山が息を呑む。

「もともと、品川が水泳の選手権でドーピング検査に引っ掛かったのも、当時つきあっていた彼女が、品川の具合が悪いのを心配して、ふだん使っているのと違うメーカーの風邪薬を飲ませたんです。品川は、彼女をかばってそれを黙っていたので、四年間の資格停止をくらったんですよ」

「ハイパー・ウラマに出て、ドーピングなしで勝つんだと品川は真剣に頑張っていました。アテナ陸上の皆さんと同じですが、こちらは脛(すね)に傷持つ身なので、勝ってから宣言するつもりで」

諒一と容子も、じっと彼らの言葉に耳を傾けている。

「勝つのは大事なことだけど、強ければいい、勝てるなら何をやってもいいというのは、スポーツじゃないと品川は言ってました。そんな考え方は人間を堕落させるし、ルールを持たない原始社会に戻ってしまうって」

高橋がいっきに言葉を重ね、そこでアテナ陸上の面々を見渡した。歯を食いしばり、必死で冷静になろうとしているが、潤んだ目から感情があふれ出ている。

「お願いです。あいつらに勝ってください。勝つために、故意に人の足を折るような奴らに、絶対に負けないでください！」

ふたりがそろって頭を深々と下げた。

「よっしゃ！」

ぴょんと椅子から飛び降りた諒一が胸を張り、目をキラキラさせて、自分の胸を掌(てのひら)でバンとたたいた。

「任せとけ！　あんたたちと品川さんの気持ちは、しっかり受け止めた！　俺たち、負けるつもりは全然ないからな！」

こんな時、諒一の単純なまっすぐさは貴重だ。容子は口が重いうえに皮肉屋だし、史奈は若さと経験の少なさゆえに、どう対応すればいいのかわからず悩んでしまう。明らかに諒一の安請け合いだったが、高橋と小林には素直に響いたようだ。

「ありがとうございます！」

抑えきれず涙をこぼしたふたりは、何度もこちらに頭を下げて部屋を出て行った。

「ハイパー・ウラマに参加している他の選手の中にも、諒一君たちと同じ気持ちでいる人がいたんだね」

カーヴァー監督が、しみじみと感じ入ったようにため息をつく。史奈も頷いた。

「誰もがハイパー・ウラマの主催者のように、殺伐とした世界を作ろうとしているのではない。そうわかって、ホッとしました」

「ねえ。チーム河童のような参加者が他にもいるのなら、参加を取りやめるように説得できると思わない？　無駄な試合をしなくてすむんだけど」

容子の言葉に、監督と郡山が顔を見合わせた。

「たしかに容子君の言う通りだ。品川選手みたいに真面目な人ばかりではないかもしれないが、次の試合で当たりそうなチームに、それとなく尋ねてみてもいいな」

「もし、ドーピング反対のチームが他にもあるのなら、声を上げてほしいですね。ハイパー・ウラマの運営に、小さからぬ打撃を与えることができると思いますし」

「そうだ。まずは、今日の試合が過剰に攻撃的に行われたことについて、運営に抗議をしましょう。他のチームの賛同も募って、その際に品川選手の話もしてみるんだ」

「それはいいですね」

監督と郡山が相談している横で、諒一が大型モニターのスイッチを切った。

「そうと決まれば、合宿所に帰ろうよ。俺たち、もうここにいる意味がないし」

「今日の第三試合は見ないのかい？」

監督が首をかしげる。今日はあとひとつ、試合が残っているのだ。

「そんなの、見ても意味ないよ。だって、もし第三試合の勝者が二回目の試合も勝ちあがったとして、三回目に当たるのは海外シードチームだ。そいつらに勝てるとは思えないね」

「シード——つまり諒一君は、見当がついているんだね。それが誰なのか」

まだ、海外シードチームのメンバーは公表されていないのだ。諒一が腕組みした。

「そんなの、ふたりは『帝王』マルセル・シルベストルと、『黒い旋風』ローラン・アダムスに決まってるじゃないか。あとのひとりは誰だか知らないけど」

ハイパー・ウラマの発表会にも動画で登場したふたりは、運営サイドの持ち駒だ。早い時期から競技の修練を積んでいるだろうし、競技のルールを決めるうえでも、彼らの意見を取り入れたかもしれない。

つまり、あのふたりは世界で唯一、ハイパー・ウラマのプロなのだ。

「戦術についても熟考する時間があったに違いないさ」

監督が、諒一の意見を認めるように、深く頷いた。

「諒一君の意見に賛成する。そうと決まれば、今日のところは撤収しよう」

メイクを落としたかったが、今日はこのままバンに乗り、昨夜宿泊した工場までいったん三人とも行くようにと言われ、史奈もルナのまま控室を出た。入る時に使った警備員の制服は、ボストンバッグの中だ。

「ルナだ！　こっち向いて！」

控室から車まで、すべての部外者を遮断するわけにもいかなかったらしく、ゲートの近くを通りかかるたび、開いた通路から彼らの移動は丸見えで、こちらに気づいた観客の歓声が上がる。

その時だった。

右手から飛来する矢羽根の音を聞いた。

とっさに史奈はその場にかがみ、斜め前に身を投げ出して転がった。前にいた容子と諒一も、同じ音に気づいたらしく、それぞれ姿勢と位置を変えて身構える。

「どうした！」

「吹き矢です！　走って！」

先ほどまで史奈が歩いていた近くの壁にぶつかったらしい、ごく小型のダーツのような矢が床に落ちている。先に針が光った。注射針だと直感した。飛んできた方角には、逆光で複数の小さなシルエットが見えるだけだ。彼らも、史奈を襲撃した矢のようなものに驚いている。

「誰かにあの矢を回収させて、中身を分析させてください。何らかの禁止薬物を入れた注射器のようなものだと思います」

建物の開口部から見えない位置まで走り、史奈は監督と郡山に説明した。

出水なのか、ハイパー・ウラマの運営サイドなのかわからないが、アテナの選手にドーピング禁止薬物を無理にでも摂取させて、試合に出る意味をなくさせようとしているのだ。

史奈を狙った理由はわからないが、三人の中でいちばんの未知数なので、当てられると侮られたのかもしれない。

「ひどいな――これは警察に届けなくては」

監督が青ざめ、怒りに震えている。

「警察に通報して、警察官が来るまで私が見張っています。吹き矢の中身もきっと調べてくれますよ」

郡山がそう申し出てくれた。

「それじゃ、バンは俺が運転していくよ」

諒一は運転が好きらしく、意気揚々と手を挙げた。

「まっすぐ工場に帰るんだよ。私もついて行きたいけど、これから運営に抗議して、それから本社に報告と会議があるから」

監督の不安そうな言葉に、諒一は「大丈夫！　大丈夫！」と満面の笑顔で背中をたたいた。

このノリの軽さだから、監督の心配も無理はない。

ぶるんとスマホが震えた。

ポケットから取り出してみると、試合中に複数のメッセージが届いていた。

遥の応援。篠田の応援。駐車場まで歩きながら、つい微笑みながら読む。いま届いたのは、榊教授からだった。

『馬淵ベーカリーで火災発生。落ち着いたら連絡請う』

「馬淵さん――」

里の面々もその存在を忘れていたほど、早い時期に里を離れた一家だ。今は一家で評判のいいパン屋を営んでおり、出水に住所を知られたことを知らせたが、店をたたんで出ていくわけにはいかないと転居は断られた。

「どうしたの？」

容子がこちらの様子に気づいた。史奈は黙ってスマホの画面を見せた。アテナのバンは目の前にあり、諒一が運転席に乗り込んで手を振っている。記者たちに見つからないうちに、車を出したほうが良さそうだ。

「乗りましょう。教授のアジトに寄り道してから、合宿所に戻っても悪くないでしょ」

容子が言った。

7

出水が店に入ると、和服姿の女将（おかみ）が腰をかがめて飛んできた。

「――お客様、先にお見えでございます」

「そうか、ありがとう」

完全予約制、紹介者がいなければ予約もできない、一見さんお断りの赤坂の料亭だ。出水は、出水精密機械の創業者一族だからと、紹介されて出入りしている。店主は京都の名店で十年修業し、今の場所に店を出して十二年。グルマン垂涎のまとになる、他ではお目にかかれない料理ばかりだが、今夜はそれが目当てではない。

「やあ、出水さん。今日はなかなか盛り上がりましたね」

個室の座敷で、床柱を背にして堂々たる態度で待っていたのは、出水よりはるかに若い色白の若造だ。だが、奥殿というこの若造こそ、ハイパー・ウラマを日本に持ってきたキーマンだった。

「奥殿さん。お待たせして申し訳ない」

「いえいえ。出水さんは何かとお忙しいでしょうから」

漂白したのかと思うくらい真っ白な歯を見せて、奥殿が微笑する。

料理はおまかせで、飲み物だけ注文すると、出水は早々に本題に入ることにした。

「今日の競技の結果は、われわれの予想通りでした」

第一試合はアテナ陸上、第二試合はワイルドドッグこと、森山たちのチームが勝った。第三試合は、面白半分に参加を決めたような若者たち同士の試合で、どちらが勝とうと出水には何の関心もなかった。ただ面白そうな競技が始まるというので、仲間を誘って参加してみたチームにすぎない。

「勝敗は期待通りでしたが」

奥殿は、運ばれてきた日本酒を猪口に注ぎ、目を細めて舐めた。奥殿の口から、細く二股に裂けた赤い舌が覗いたように思い、出水は目を瞬いた。一瞬、目の前にいるのが酒好きの蛇の化け物、八岐大蛇であるかのような錯覚に陥った。

「第二試合は、いくらなんでも短すぎましたね。第一試合も最後までもちませんでしたし。あれでは客が満足しません」

開始五分で、〈狗〉の森山が品川を再起不能にしたことを言っているのだ。出水は神妙に頷く。

「たしかに。森山には、試合運びの段取りを考えるよう言い聞かせました」

嘘ではないが、言い聞かせたというのは自分で考えても誇大な表現だった。なにしろ森山は、五分は短すぎるという出水の苦情に大笑いで応じ、「あんな怠いこと、三十分もやってられっか」とうそぶいたのだ。田舎の不良らしい言いぐさだった。

奥殿がうっすら笑った。

「まあ、いいでしょう。品川君は全治一か月の重傷だそうです。ドーピング問題で資格停止の上にこの怪我では、もはや彼の選手生命は風前の灯――というより、このまま引退するしかないでしょうね」

奥殿が握っているスマートフォンは、格式の高い料亭の奥座敷には似合わない。彼はその小さな機械を駆使して、今日のハイパー・ウラマの感想を漁っていたようだ。

「第二試合を見た客たちは、試合時間の短さに苦情を言う者もいますが、現場に居合わせたことを、興奮ぎみに語る者のほうが多いですね。堕ちた著名アスリートの末路なんて、彼らにとって軽やかに消費できる話題でしかない。消費者とは残酷なものです」

奥殿の口から残酷などという言葉が出ると、むずがゆさを覚える。奥殿という男は感情を持たないのではないかと、出水はひそかに疑っていた。

「それより、問題は他にあります」

「――と言いますと」

「出水さんもご承知の通り、ハイパー・ウラマは、どんな手段を使ってもかまわないから、肉体の持つポテンシャルを最大にまで高め、最強の人類を決める競技です。足の速さ、敏捷さ、格闘センス、体力に集中力。ところが、今日出場した六チームのうち、アテナはドーピングを拒否すると明言しているし、河童とワイルドドッグはドーピングについて言及しませんでした。これでは正直、新しい競技を立ち上げた意味がない」

「国内のアスリートは、ドーピング検査で引っ掛かる者も稀にいますが、ほとんどが『ついうっかり医者で処方された薬を飲んだ』とか『そんな薬物が入っていると知らず、サプリメントを飲んだ』タイプですからね。ドーピングを肯定的に捉える選手は少ないのでしょう」

「そこで、例の研究ですよ」

奥殿が声をひそめ、身を乗り出す。顔を近づけると、爬虫類のような生臭い体臭をかすかに感じたが、気のせいだろうか。

「日本人は、ワクチンや薬の副作用などに対する抵抗感が強い。しかし、遺伝子ドーピングならどうですかね。耳慣れない言葉だし、遺伝子レベルで、自分自身や子どもまで並外れた能力を授かるのだと聞けば、興味を持つ選手もいるでしょう。ドーピングしたことがバレないようにできるなら、なおさら」

「それは、私もその通りだと思います」

「見つかりましたか。出水さんが探していた研究者は」

出水は唇を噛んだ。

「――いえ。残念ながら」

「なんと。まだ見つからないのですか」

奥殿は苦々しく呟くと、さも呆れたと言わんばかりに天井を仰いだ。芝居がかった仕草だ。

「〈梟〉の連中がかくまっているようです」

「アテナの選手の仲間ですね」

「ええ。ですが、すでに手は打ちました。今ごろ奴ら、慌てているでしょう」

「そうですか。それでこそ出水さんだ」

アテナ陸上の選手に禁止薬物を摂取させるための手は尽くしているが、どれも結果は芳しくない。だが、他にも手段はある。

出水がほくそ笑むと、奥殿も唇の端を上げた。舌なめずりしそうな笑みだった。

――いつか自分は、この男に食われるのではないか。

ふいに、そんな予感を覚え、出水はかすかに身体を震わせた。その想像のあまりの馬鹿馬鹿しさに、自分でも苦笑しながら。

＊

史奈たちが記者の車を撒き、教授の自宅兼研究室に到着した時には、すでに堂森明乃（あきの）とその息子の武もいた。

「馬淵さんとご家族は無事なんですか」

挨拶もそこそこに史奈が切り出す。ルナの化粧は、車の中できれいに落としてきた。

一階の研究室は、榊教授と栗谷和也、堂森母子、それに長栖兄妹と史奈が思い思いの場所に腰を下ろしてもまだ余裕がある。

ここに、四人の〈ツキ〉が全員集合しているのだと史奈は気づいた。史奈をはじめ、容子、和也、それに武。若い世代を〈ツキ〉とすることで、一族を活性化しようという教授らの深謀遠慮だ。

「さっそく集まってくれてありがとう。日中で火災の発見が早かったので、馬淵さん一家に怪我はなかった。だが、自宅兼店舗が全焼で、しばらく使えないそうだ」

「日中――」

「馬淵さんが経営しているベーカリーの裏に、廃棄物を入れるコンテナが置いてあったんだけど、火元はそこなの。正式発表はまだだけど、警察は放火だと見てる」

堂森明乃が答えた。彼女は、馬淵家との連絡役を買って出ていたのだ。

「火災発生は日中ですか」

「今日の昼前。聞きたいでしょうから先に言うけど、ハイパー・ウラマの、あなたたちの試合が終わった後。廃棄物のコンテナに、発火装置と燃焼材を仕掛けたようね」

誰もが出水の顔を思い浮かべたはずだ。

〈梟〉の一族の住所録が、出水の部屋で見つかった後、こんなことがいつか起きるのではないかと心配していたのだ。

「警告のつもりでしょうか」

史奈は呟いた。

これ以上勝てば、一族の者にさらに被害が及ぶ。出水はそう言いたいのだろうか。

「私たちの試合中、観客席にいるはずの出水の姿が消えていました。放火の指示を出したのかもしれません」

全員が、苦い表情で目を見かわした。

試合が始まるまで、アテナ陸上チームが勝つと考えていた人は少なかったはずだ。ハイパー・ウラマは格闘技の側面を持つため、男性三人のチームと男性ひとり、女性ふたりのチームなら明らかに男性ばかりのほうが有利だと考えられていた。

「俺たちが先制点を入れたもんだから、連中、慌てふためいたってわけだな」

諒一がソファの上であぐらをかき、ふんぞり返った。

「ひとまず、馬淵さん一家は知り合いの家に身を寄せているそうだ。衝撃が大きいと思うが、これ以上の被害が及ばぬよう、私たちも配慮しないと」

教授はすでに、一族の他の家族に警告し、可能な者たちには住まいを変えるか、しばらくよそに隠れることを勧めている。

だが、単身者ならともかく、特に子どもがいる家庭で引っ越しはそうかんたんな話ではない。

「ハイパー・ウラマの大会が終わるまで、あと三週間あります。どう対処します？　出水とやらをぶちのめしに行きます？」

〈ツキ〉は堂森の息子のほうなのだが、その武はおとなしく口を閉じており、母親の明乃が場を取り仕切っている。明乃が「ぶちのめす」と言った時、武は身を縮めた。近ごろ、男性の〈ツキ〉同士で親交を深めているらしい和也が、武の反応を興味深そうに見守っている。

「ここは正攻法でいくべきかと。放火は重罪です。馬淵家の火災は警察の捜査に任せて良いでしょう。私たちは、馬淵家再建への協力と、他の一族に被害が及ばぬことをまず考えるべきでは」

容子が口を開いたのは、単に議論のきっかけを作るためのようだ。

「放火事件と出水を結びつけりゃいいんだ。そしたら警察が出水を刑務所にぶちこんでくれるだろ」

諒一が乱暴な口をきく。

「出水と放火を結びつける証拠が出ればいいけど、向こうもそれほどバカとは思えない」

にべもない容子の態度に、諒一が唇を尖らせる。

「出水の家にあった〈梟〉の住所録は？」

「あれは私が出水の自宅に侵入して知ったことだから、現時点で証拠にはできない。警察が出水を疑って、家宅捜索でもしてくれれば別だけど」

教授が吐息をついて頷く。

「容子君が言う通りだ。アテナ陸上に『これ以上勝てば、一族に被害が出るぞ』という脅迫状でも届けば、結びつけることができるかもしれないけどね。出水もそれはわかっているだろうから」

「脅迫状が届けばいいの？」

明乃がキラリと目を光らせたので、教授が慌てて手を振った。

「明乃さん、無茶はやめてください。いま、出水からの脅迫状を捏造（ねつぞう）しようと思ったでしょう」

「ダメなの？」

「ダメに決まってます。警察が調べて、誰が出したかバレたら逆効果じゃないですか」

明乃が鋭く舌打ちした。

彼女は、学生時代に母の希美と親友だったそうだ。母親の若いころを想像し、ふと史奈は和やかな気分になる。暴走しやすい明乃と親友になるくらいだから、母も行動的な人だったのだろうか。どんな髪をしていたのだろう。どんな服を着て、どんなふうに喋ったのだろう。十代の母親は。

そんなことを想像すると、自然に唇がほころんだ。火災の衝撃で凝り固まっていた気持ちがほぐれると、祖母が囁いた気がした。

（史ちゃん、いったん冷静になって、鳥の目になるんや。鳥の目になって、ひとつの問

題を右から左から、上から下から、いろんな角度から見てみる。今まで常識に縛られて見えなかったことが、見えるようになる）

「――一族の他の者に被害が及ばないようにするのは大事なことですが、それだけでは守りの姿勢です」

史奈が口を開くと、教授がこちらを見た。

「明乃さんも、諒一や容子ちゃんも、みんな正しいことを言っているんです。出水を放置すれば、今後も同じことが起きます。いつまでも敵の攻撃を恐れて身構えていなければなりません。もちろん放火事件は警察が調べてくれるでしょうが、出水の動機を知っているのは私たちだけです。捜査しても、警察が出水にたどりつけるとは限りません」

「史奈なら、どうする？」

教授の目が細くなり、急に威圧を感じた。

――私なら。

試されている気がして、史奈は深呼吸した。

「警察は放火事件の現場から調べます。私たちは、逆に出水の周辺から調べてはどうでしょう」

出水本人が放火したわけではあるまい。他人を使って放火させたのだ。出水は、なんらかの手段で実行犯に指示を出したはずだ。その指示を明るみに出すことができれば、警察は出水を捜査することができる。

考えるうち、自然に口調に熱がこもった。

「それに、観客席で出水とアシヤの間に座っていた、若い男も怪しいですね。彼は出水よりもアシヤに近い存在なのかもしれません。出水との関係を知りたいです。明日は一回戦の二日めです。彼がまた観戦に来るなら、うまくいけば正体を突き止められます」

「そう言えば、私たちの対戦相手だった熊野たちは、後半になって急に戦法を変えてきた。あれも、出水の指示だった可能性がある。奴らの証言を取れれば、使えるかもね」

「なあ、待てよ。さっき、史奈を吹き矢で狙った奴がいたよな。監督が警察に届けたから、あれもちゃんと調べれば出水に行きつくと思うんだ！」

熱気が移ったように、容子と諒一が口々にアイデアを出すと、教授が目を丸くした。

「史奈が吹き矢で狙われた？」

放火事件の衝撃が大きく、吹き矢の件はすっかり忘れていた。和也も驚いている。

「ちゃんと避けました」

史奈が胸を張ると、教授がやれやれと大きなため息をついた。

「〈梟〉の欠点は、自信過剰になりかねないところだな。——だが、たしかに史奈は無事だ。結果オーライとしよう。これだけ材料があれば、ひとつくらい出水の犯行を証明できるかもしれないね」

「ですがひとつ、厄介なことがあります」

容子が、生真面目な女学生のように手を挙げた。

「放火や吹き矢。出水がそういう暴力行為を指示しそうな相手は、〈狗〉ではないでしょうか。もし実行犯が〈狗〉なら、私たちは調べるどころか近づくこともできません」

たしかに、〈狗〉は〈梟〉に匂いで気づいてしまう。教授も頷き、思慮深い目で考えこんだ。

「吹き矢か――。もと忍びの〈狗〉の一族と相性は良さそうだね。では、彼らが実行犯だろうか」

「十條さんの意見を聞いてみますか？」

十條はこの場には参加していないが、〈狗〉の一族に吹き矢の使い手がいるかどうかくらいは、聞いてみてもいいのではないか。

教授が首を横に振った。

「いや、彼を利用するのは賛成しない。十條君にとっては、〈狗〉は家族のようなものだ。今は仲たがいしていても、心情的にそれは良くないと思う」

ふと、容子が思い出したように周囲を見回した。

「そう言えば、十條さんはどこに？　今日はお出かけですか？」

「いや。彼は二階にいる」

即答した教授に、焦りの気配を感じたのは史奈の気のせいだろうか。

「私たちの次の試合まで、一週間あります。その間に、出水の身辺を探りましょう」

「史ちゃん、諒一と私は合宿所から出るなと言われているから」

「うん。ふたりとも顔が売れているから、出ないほうがいいね。出水のほうは任せて」

明乃が、息子の背中をぐいと押した。

「史ちゃん。うちの武をどんどん使ってやって。もう大学四年で論文書くしかやることなくて、暇だから」

「暇じゃないよ！」

武が涙目で母親を見上げている。

「ちょっと母さんの様子を見てくるね」

相談は終わったと見て、史奈が席を立つと、教授がぎくりとして何か言いかけ、そのまま口をつぐんだ。やはり、何か隠している。

二階の母の部屋は、いつもドアを閉めている。今日はなぜか、開いていた。

階段を上がって中を覗き、ドキリとした。

「十條さん？」

母のベッドの脇で、十條が椅子に腰かけて本を読んでいる。

「どうしてここにいるの？」

彼は落ち着いた男で、慌てるところなどほとんど見たことがない。だが、顔を上げてこちらの存在に気づいた時、かすかな動揺の色が走った。

「――点滴？」

指一本も動かせない母は、各種のチューブで生かされている。栄養も水分も薬も、何もかも点滴や胃ろうで摂るのだ。だが、これは初めて見るパックだった。輸液ならパックの表面にそう印刷されているのに、いま点滴用のスタンドに掛かっているパックには、手書きで文字が書かれた白いシールが貼られているだけだ。

「新しい薬を試しているんだ。それで、先生が私にしばらく様子を見てほしいと」

十條が文庫本を閉じ、平静を装いつつ答えた。新しい薬というのは嘘ではないかもしれない。だが――。

「それなら、どうして十條さんはそんなに後ろめたそうな顔をしているんですか」

十條がはっきり狼狽(ろうばい)した。

『――史奈』

音声がスピーカーから流れ、史奈はベッドに近づいた。人形のように横たわる母は目を開き、モニターを見つめている。今まで、そのモニターで何かを読んでいたようだが、史奈が来たことに気づいて会話できるように画面を切り替えたのだ。

『十條さんには何の責任もないの』

「希美さん――」

『いいの』

十條が何か言いかけたが、母が遮った。スピーカーから流れる優しげな声であっても、母の短い言葉には力がこもっていた。

『史奈に隠すのは良くない。この子には知る権利がある』

「母さん？　何の話？」

隠すという言葉に、史奈は慄いた。これまでこの家を訪れるたび、父が、母が、十條や和也までも、何か自分に隠している気配をうっすら感じていたのだ。

『座って、史奈』

素直に椅子を引きずってきて、ベッドに向かい合うように腰を下ろした。

『自分がこうなってからずっと、〈シラカミ〉について考えていたの。特に、村雨家の〈シラカミ〉翁について、考えていた』

「村雨なら、父さんから聞いたことがある」

『私も、自分の目で見たことはない。あなたのお父さんから聞いたの。村雨の〈シラカミ〉は明治十六年生まれで、二〇三高地の戦いで活躍し、病に倒れて里に戻ってからも、昭和五十年ごろまで生きていたの。亡くなった時、九十歳を超えていたはず』

母の言葉に、史奈は強烈な違和感を覚えた。そんなはずはない。〈シラカミ〉がそんなに長く生きられるはずがない。

『私はこうして、現代の医療技術で命をつないでもらっているけど、当時の里に、こんな延命のための装置はなかった』

母の言葉に、違和感の正体を知る。そうだ。母は、自発呼吸こそできるものの、話すこともできず、自分で食べて咀嚼したり、嚥下することすらできない。胃ろうや点滴がなければ、とっくに痩せ細り、死んでいてもおかしくない身体だ。

「どうして――」

『村雨の家族は、とても献身的に〈シラカミ〉を支えたとは聞いています。〈シラカミ〉は里の禁忌だったから、表だって周囲の助けを求めることもできなかったのに、彼らは必死で〈シラカミ〉を守ったのね。里に栄誉をもたらした英雄だったからか、家族が尽くす理由が他にあったのか、それはわからないけど、早くに亡くなった〈シラカミ〉の奥さんも、それは心ばえの美しい人だったそう』

だが、いくら家族が献身的で心から尽くしたとしても、食事も摂れない病人を何十年も生かし続けることはできない。

『この前、史奈が話してくれたでしょう。アテナの諏訪社長のお母さんのこと』

「響子さん？」

『そう、その人。里を下りた一族の末裔で、ひょっとすると〈シラカミ〉かもしれない。

彼女は車椅子に乗っているけど、話せるし身体も動かせると言っていたでしょう』

史奈は頷いた。響子の髪は年齢のわりに驚くほど真っ白だし、足が動かないそうだ。もし彼女も〈シラカミ〉なら、〈シラカミ〉には種類というか、病状のレベルがあるのかもしれないと考えていた。

『史奈の言う通りなのかもしれない。そう気がついたの。村雨の〈シラカミ〉が九十代まで生きられたのも、たとえば食事を摂ることは支障なくできたからかもしれない。〈シラカミ〉には個人差がある。私は〈シラカミ〉の中でも病状が重いほうなのかもしれない』

「母さん――」

辛（つら）いことを喋らせている気がして、史奈はそっと母の肩に手を添えた。手の甲には、点滴の針が刺さっているのだ。母の腕は、あちこち注射や点滴の跡だらけで、血管も細くなって、今は手の甲くらいしか針を刺せる場所がない。

『お父さんは、〈お水取り〉の水を、薬品として再現しようとしていた』

「知ってる。開発中のお薬のことでしょう」

『そう。実はもう、薬はできているの』

――ああ、やっぱり。

史奈が感じたのはそのことだった。しばらく父の態度が妙だったのは、それを隠していたからだ。

「なら、どうして――」

『マウスを使った実験は終わっていた。だけど、臨床試験ができてなかったの』

「ヒトの身体で試すということ――？」

嫌な予感がして、史奈はスタンドにぶら下がっているパックを睨んだ。

「まさか――」

『私が望んだの、史奈』

「どうして？　母さんは病人なのに」

『病人だからよ、史奈。でもね、その話をする前に、聞いてほしいの』

この薬の効果を測るのは、とても難しいと母は言った。

『病気を治すのではなく、病気を予防するための薬なんだもの。里を離れて水を飲まなければ百パーセント〈シラカミ〉になるわけでもないらしいし。薬を飲まなくても、その人は〈シラカミ〉にならないかもしれない。薬の効果で〈シラカミ〉にならずにすんでいるのかどうか、測るのがとても難しいの』

「それはわかる気がするけど――」

『もうひとつはね、史奈。薬の副作用について知らなければいけないの。水を飲んでいた時は、副作用なんてなかった。でも、薬効成分を合成した薬を飲んで、もし副作用が起きたら？　お父さんが、そうかんたんに開発中の薬を誰かに飲ませようと思わなかったのも無理はない』

だから、と母は静かに続けた。

『だからお父さんは自分を実験台にした』

「え？」

『気づいた時には私も驚いた。でも、お父さんはそうするしかなかったの。里の井戸は干上がってしまった。早く薬を実用化させなくてはいけないのに、他人を実験台にはしたくない。だから、自分で飲み始めたの』

「そんなこと、聞いてないよ――」

何か隠していると思ってはいたが、想像以上の衝撃だった。父も母も、自分にはひとことも相談せず、彼らだけで決めてしまったのだ。

『それを知って、私も薬を飲むと言ったの。私が飲むのはね、みんなのためじゃないの。もしかすると、この薬が〈シラカミ〉の治療薬になるかもしれないと期待したから』

穏やかで優しい人工音声なのに、母の言葉はどこか捨て鉢で、自虐的な響きも帯びて聞こえる。

それまで黙って様子を見ていた十條がベッドに近づき、点滴の調整をした。

「希美さん、その装置であんまり長く話すと疲れますよ」

『私は生きたいの』

十條の制止を無視して母が言葉を続ける。

『ベッドに縛りつけられる〈シラカミ〉としてではなく。ふつうの女性として、ふつうの母親として、食事を作ったり、史奈の髪を梳かしたりしたいの』

史奈は幼い子どもに戻ったように、ただひたむきに母の姿を見つめるしかなかった。

――何も言葉が出てこない。

どんな人生だろうか、〈シラカミ〉として生きることは。なぜこんな、むごい病が存在するのだろうか。誰よりも強く、生命力に富んだ命をこんな形で縛りつけるなんて。

史奈が元気な母親の姿を見たのは、五歳のころだった。もう、おぼろげにしか覚えていない。小学校に上がり、中学校に通うころになると、授業参観できれいに化粧した友達の母親や、ジャケットなど着た父親たちが教室の後ろに並ぶのを、うらやましく思っていた。

本当は、ずっと会いたかった。お弁当の作り方を教えてほしかったし、テストの点が良ければほめてほしかったし、頭も撫でてもらいたかった。よくやってるねと言ってほしかった。

母親が健康になるなら、なんでもする。そう思っているのは、史奈自身だ。

『だから、ごめんなさい。史奈には黙って始めたの。史奈は優しい子。あなたは私たちが薬を飲むと言うと、嫌がるかもしれない。だから、少なくとも薬の効果が見えるまで、黙っているつもりだったの』

なにか、いたたまれぬ気持ちになった。母はそう言うけれど、つまりそれは、史奈が幼いから相談できなかったのだ。自分は、ことの理非ではなく、感情で行動する子どもなのだと、母にそれとなく指摘されたように感じた。

たしかに、自分は反発しただろう。両親が自ら新薬の実験台になるなんて。〈梟〉の一族の誰かが飲んでみなければ、効果のほどは測定できない。だとしても――。

「それなら、私も薬を飲む」

言うべきでない言葉が、ぽろりとこぼれ出る。わかっているのに、止められない。

「母さんや父さんが飲んでも大丈夫なら、私が飲んだってかまわないはず。一族のためになるのなら――」

『史奈――』

子どものわがままだ。聞き分けがないと母は思うだろう。わかっている。それでも、言わずにいられなかった。自分は六歳の時に、両親に捨てられたのだと思っていた。後から聞けばそれなりに理由のあることだったが、長年にわたって祖母のもとで育ち、四年前にようやく両親と再会したのだ。今またふたりを失う可能性すらあるなんて――。

史奈は立ち上がった。

「私が飲んではいけないのなら、私も父さんや母さんがこれ以上飲むのを認めない」

「史奈さん、話を聞いたほうが――」

十條が穏やかな声で呼び止めようとするのを振り切って、部屋を出た。母や十條にどう思われるかとか、〈ツキ〉としての立場とか、そんなことすらどうでも良かった。

結局これは、自分の無力さとの闘いだった。自分に力があったなら、父や母にさまざまな意味での無理を強いることもなかった。

史奈が子どもだから。史奈の実力が足りないから。だから周囲が無理をしている。史奈の心と体を守ろうとしてくれている。

だが、自分は誰かに守られる存在でいたいわけではないのだ――。

階段を駆け下りて研究室に入ると、教授がぎくりとしてこちらを見るのが感じられた。史奈はなるべく父親を見ないようにした。

「諒一、容子ちゃん。ふたりはこれから合宿所に戻るでしょう。私はこのまま家に帰るから、監督や郡山さんによろしくね」

「史奈、なんだよ藪(やぶ)から棒に――」

「史ちゃん、どうしたの？」

「出水のことは任せて。また連絡する」

ぽかんとこちらの背を見つめている長栖兄妹や教授、和也や堂森親子の視線を感じながら、足早に部屋を出る。教授が止めたのか、誰も追いかけてはこない。

家を出ると、もう夕日が射していた。

駅まで飛ぶような速さで歩きながら、こんな時に思いきり泣ければ少しは楽になれたのかもしれないと、ふと思う。

だが、自分は泣くこともできない。

涙を流すことは弱みを見せることだと、子どものころから祖母に厳しく言い聞かせられ育った。

〈梟〉の子に涙はいらない。最後に泣いたのはいつだっただろう。河内の風穴で転んで、容子におぶってもらって帰った時だろうか。

――強く、もっと強くなりたい。

子どものころからずっと、そう願ってきた。強くなくては〈梟〉ではないから。自分は〈梟〉の中でも〈ツキ〉の家柄だから。

泣けず、眠らない〈梟〉の子。

悲しみは、史奈の胎内で氷の塊のように凝っている。

8

病室の入り口には、８０１という個室の部屋番号だけが記されていた。

病棟の廊下を行きかうのは、歩行練習に励む患者と、看護師やリハビリのスタッフだ。

彼らの姿が一瞬、廊下から消えるのを待ち、史奈は８０１号室に滑り込んだ。

ベッドで上半身を起こして本を読んでいるのは、品川真也だ。

水泳選手で、昨日のハイパー・ウラマにチーム河童として参加して〈狗〉の餌食になった。

右手でドアをコツコツとたたくと、品川は首だけこちらに向けた。トイレと洗面所のある個室には、今のところ品川以外の誰もいない。

「――――？」

「初めまして。品川真也さんですね」

戸惑っている品川のベッドに近づき、吊られている足を見つめる。森山のスライディングタックルで、右足首を粉砕されたのだ。

「お見舞いに来ました。アテナ陸上のルナです」

そう名乗ると、品川が目を瞠った。

「君が――」

ルナの素顔を見て、彼がどんな反応を示すかわからなかったが、想像通りの人物なら騒ぎ立てはしないだろうと思っていた。

特にいま、彼は骨折が予想以上にひどく、ドーピングによる出場停止期間が過ぎても復帰は困難との判断で、現役引退を発表したばかりだ。冷静にふるまっていても、心中は乱れているだろう。ルナの正体になど、何の興味もないはずだ。

史奈はベッドのそばに立ち、まっすぐ品川を見た。

「試合、残念でした。相手が悪かったですね」

黒縁眼鏡の奥の目をしかめ、苦笑する。

「よしてください。慰めにもなりませんし、避けられなかった僕の失態でもある」

「ハイパー・ウラマの試合であなたがドーピングしていなかったことは、チームメイトの方から伺いました。競泳でのドーピングが、品川さんご自身の責任ではないことも」

「いいえ。アスリートは自分の口に入れるもののすべてに責任を持たねばなりません。たとえ自分の意思ではなかったとしても、責任は自分自身にあるんです」

静かな声だが、言葉には気迫と力がこもっている。生真面目な潔さが好もしかった。〈梟〉の気質とも通じ合うものを感じる。良かった。この男とは、話が通じそうだ。

「聞きたいことがあり、お休みのところ申し訳ありませんが、押しかけました」

「よく病院がわかりましたね」

「――いろんな手を使って」

ハイパー・ウラマの運営は、あらかじめ病院と契約していたらしい。故障者が出た時のために救急車を待機させ、品川が負傷した際も出動させた。史奈はＳＮＳにあふれる写真と動画から、救急車の側面に書かれた病院名を読み取っていた。

そのうえで、念のためスポーツ新聞記者の方喰にも確認したのだった。方喰は、記者会見の会場でルナの正体に気づいていた。ハイパー・ウラマで負傷した品川と熊野の入院先はこの病院で間違いないかと尋ねると、熊野の怪我は軽く、一夜明けた今朝、早々と退院したが、品川はまだ入院中だと教えてくれた。代わりに、ハイパー・ウラマの大会が終わったら、ルナとして独占インタビューを受ける約束だ。

だが、そんなことまで品川にべらべらと喋る必要はない。

「品川さんたちチーム河童も、当日までルール変更は聞いていなかったようですね」

その質問を受けると、品川の目に怒りの炎が灯った。シュートエリアに入るまで、ボールに手で触れてはいけないというルール変更の件だ。

「あの日、初めて聞いたんですよ。ひどい話だ。競技の重要なルールが、当日になって変更されるとはね。参加する選手の条件はみんな同じだからと運営に説得されて、しかたがなくルール変更に合意したんです」

「条件が同じでなかったらいかがですか？」

品川が眉をひそめる。

「どういう意味ですか？」

「もし、あらかじめ知らされていたチームがあったらどう思いますか」

品川はしばらく沈黙した。

「アテナ陸上チームも当日初めて知りました。でも、どうやらあらかじめ知らされていたチームがあるようです」

「どこですか、それは」

「あなたがたが対戦したワイルドドッグと、私たちが対戦したチーム・ユーザーです」

一瞬で蒼白(そうはく)になった品川の頬が震える。

「信じられないが——それが本当なら許しがたい。運営サイドがチーム間に差をつけたということですね？　なぜあなたはそんなことを知っているんですか」

「詳しいことはまだ言えませんが、そう信じる理由があるんです。今は、その証拠を探しています」

「では、なぜ私のところに来たんです？　私たちは何も知りませんよ」

「私はハイパー・ウラマという競技を潰すつもりです。少なくとも、日本では試合を開催できないようにするつもりです。もし、運営サイドの不正の証拠が手に入れば、品川さんも運営サイドに抗議しますか」

「もちろん」

即答だった。ハイパー・ウラマを潰すという史奈の言葉には驚いたようだが、不正を憎む潔癖な性格の持ち主との見立ては間違ってはいなかったようだ。

品川の骨折はスポーツ新聞などで大きく取り上げられた。ただ、あらかじめ運営サイドが根回しでもしていたのか、競技の危険性やルールの過激さを糾弾する論調ではなかった。話題になったのは、これで品川の競泳選手としての現役復帰がさらに難しくなったことだ。すぐ品川の引退宣言が出たことも、それを後押しした。

「品川さんは、ドーピング事件の真実を明かして過失を主張すべきではありませんか。今からでも遅くないと思いますが」

品川の唇が、皮肉な笑みに歪んだ。

「今さらそんなことをして何になりますか。出場停止期間が短縮されたとしても、この足ではもう記録は望めない」

「でも、あなたの誇りは？」

品川が口を閉じる。

この男は、真面目で誇り高いアスリートだ。自分の能力を信じ、高めることにこれまでの人生を捧げてきたはずだ。そんな人間が、記録を出すためにルール違反を犯したなどと言われて、何も感じないはずがない。だが、潔い人間性から、他人の責任にすることもできない。内心は複雑に揺れているはずだ。

「狡(ずる)い人間だと人から思われて、あなたが平気だとは思えない。どこに行っても、誰と会っても、これからの人生にドーピングの件がつきまとうんですよ」

品川は表情を変えなかったが、その目に逡巡が渦巻くのがわかった。もちろん、事件が起きてからの二年ほど、史奈が口にしたような場面を彼は嫌になるくらい経験してきたはずだ。そのたびに、心臓を針で刺されるような思いをしたはずなのだ。

「真実を明かして、残りの人生を晴れ晴れと送りたくありませんか」

一瞬、彼の顔が歪んだ。泣くのかと思えば、品川は急に吹き出し、おかしそうに肩を震わせて笑いだした。

「――君みたいに若い人から、そんな言葉を聞くとは思わなかった。『残りの人生』か――」

「変ですか？」

「そうだな、変わってるね」

笑いすぎて、目じりに溜まった涙をぬぐいながら品川が呟く。

「だけど、当たってますよ。たしかに僕はあれからずっと、不愉快な思いをしている。道を歩けば、知らない人が僕を指さして笑っているような気がするし、自分の名前が出ている記事は、何が書かれているか怖いから絶対に読まなくなった。あの時つきあっていた彼女は、どうして本当のことを言わなかったのかと僕を責めて、別れることになったし――。僕は彼女を守りたかっただけなんだけどね」

「お気の毒ですが、女性がみんな、恋人に守られたいと思っているわけではないですよ」

「そうだよなあ――」

目を細めた品川が、素直に頷いた。

「わかった。今さら真相を告白しても、信じてくれる人は少ないかもしれない。だけど、たしかに僕は、これからの人生で、やってもいないことに引け目を感じるのは嫌だ」

機会を見つけて真相を明かすと、品川はきっぱり宣言した。彼はきっとそう言うだろうと思っていた。

「ひとつ、聞いてもいいかな」

「なんですか？」

「君はなぜ、素顔を隠して競技に参加するの。ひょっとすると有名なアスリートなのかとも考えていたんだけど」

「ただの学生です。アスリートになる気はないので、ふつうの学生生活を守りたくて」

品川が、また笑いをこらえるような表情を浮かべた。

「ふつうの学生生活か――。それはまた、君のようなタイプには難しい願いだね」

「最後に私からもうひとつ、聞いてもいいですか」

「答えられることなら」

「この病院、入院患者の夕食は何時に出ますか?」

連絡先を交換して史奈が病室を出ても、まだ品川の大きな笑い声が聞こえていた。どうやら史奈の質問は、品川の笑いのツボにはまったらしい。こんな状況でも笑えるようなら、彼は大丈夫だ。きっと立ち直り、新たな人生を切り開くことができる。

——さて。

次はナースステーションに用がある。

しばらく病棟のロビーの椅子に腰を下ろし、看護師たちの動きを観察した。見守るうち、シフト交代の時間になったらしく、今まで見かけなかった看護師たちが現れた。ナースステーションで引継ぎのミーティングをして、勤務を終えた五人が連れ立って階段に向かう。

このタイミングを待っていたのだ。

明るい話し声と足音を頼りに彼女たちを追い、地下の更衣室とおぼしい部屋の場所を突き止めると、しばらくトイレの個室に隠れて時間を潰した。

シフト明けの看護師たちが更衣室を立ち去るのを、足音を数えて待ち、全員が帰途についたと確信してようやく更衣室のドアを開ける。誰もいない更衣室で、ロッカーの鍵を開けるのはお手の物だ。最初に開けたロッカーに制服はなかったが、ふたつめにはちゃんと、ハンガーに掛かった薄桃色の制服があった。

半袖Tシャツの上から手早く制服に着替え、少しサイズが大きいのは我慢して、ポケットにスマホを忍ばせた。髪はお団子にまとめて留め、黒い縁の眼鏡とマスクで顔を隠せば、ぱっと見ただけでは誰だかわからない。

品川に教えてもらった、患者に夕食が配られる時刻が近づいている。先ほどまでいたフロアに戻ると、配膳用のワゴンがすでに廊下に置かれていた。スタッフが総出で患者に食事を届けている。

ナースステーションから看護師の姿が消えるのを待って、素知らぬ顔で入っていった。探しているのは熊野の連絡先だ。

ハイパー・ウラマの初日、競技場から救急車で運ばれた選手はふたりいた。品川と熊野だ。熊野も今朝までここに入院していたのだ。それなら、カルテなど連絡先がわかるものがあるかもしれない。

カウンターの陰に置かれたパソコンは、ロック画面が表示されていた。ざっと探すと、引き出しにパスワードを書いた付箋が貼ってある。試すとロックが解除され、起動したままのアプリケーション画面が表示された。

それは、病床管理システムのようだった。まさに史奈が知りたい、患者の個人情報や入院中の患者のバイタルサインを含む電子カルテに始まり、病院全体の病床の稼働状況までを管理するもののようだ。

あまり時間がない。看護師たちが戻ってくる前に、熊野に関する情報を得るのだ。

こういうソフトウェアの使いかたはだいたい似たところがあって、メニューをざっと見てそれらしいものを選び、患者の名前に「熊野恭介」とフルネームを入力すると、拍子抜けするほどかんたんに熊野のカルテが表示された。あとは連絡先だが――。

「あれ、若山さんまだ帰ってなかったの？」

足早に戻ってきた看護師の声が背後からかかり、一瞬ひやりとする。

「すみません、忘れものをして。もう帰ります」

声でバレないように、ぼそぼそ喋る。こんな時に、慌てると不審に思われる。平常心を保ち、自分がここにいるのは自然なことなのだと自分自身が思い込むのだ。

「ごめん、ちょうど良かった。下りるついでに、これ三階の内藤先生に渡しておいて」

「はい」

押し付けられたバインダーを受け取ると、こちらを見もせずに年配の看護師は再び足早に廊下を歩き去った。

史奈は熊野の電子カルテから、住所や電話番号、血液型や身長・体重などの基本的な情報が入力されたページを探し、スマホで写真を撮影した。アプリケーションをホーム画面に戻すと、渡されたバインダーを抱え、急ぎ足で階段に向かう。ここではのんびり歩いている看護師などいない。

　三階のナースステーションにいる看護師に、「内藤先生にお渡し願えますか」と頼み、相手の返事も待たずにさっさと地下に向かう。渡されたほうの看護師も、こちらの顔を確認もせずにバインダーを受け取っていた。そんなものだ。

　――まずはひとつめの関門をクリアした。

　だが同時に、病院を出るまではまだ安心できないと自分を戒める。

　ふと、ふつうの学生生活など難しいだろうと看破した品川の言葉を思い出し、苦い微笑が口元に浮かんだ。たしかに、ふつうの学生はこんな真似（まね）をしない。

　スマホに着信があった。

　容子からだ。あれから、教授や容子たちがかわるがわる電話をかけたり、メッセージを送ったりしてくる。一度だけ、十條からも遠慮がちなメッセージが届いた。

　今は誰にも応答するつもりがない。

　心配をかけていることはわかっている。

　だが、彼らを安心させることよりも、調査を優先させたかった。でなければ、前に進めない気がする。

9

「俺だよ」

『おう。開けるわ』

インターホンのカメラの前で、犀角が買い物袋を持ち上げて揺らすと、カチリとエントランスのロックが外れる音がした。

犀角は、ふと何かを感じたように顔を上げ、振り返って背後を確認し、何度も首をかしげながらマンションの中に入っていく。

——この男、勘はいいようだ。

史奈はぴったりと犀角の背後に張り付き、音をたてず、息を殺して後に続いた。

栗谷和也が開発した試作品の光学迷彩スーツを、勝手に持ち出して使っている。これを着ると、周囲の風景に溶け込み、姿を消すことができる。科学の粋を集めると、忍者の夢を実現できてしまうという好例だ。

熊野のマンションがわかったので、どうやって入ろうかと考えていたら、中から犀角が現れたのだった。ちょっと買い物に出かける風情で、しばらく待つとコンビニの袋を提げて戻ってきた。中身はおそらくビールだ。

犀角についてエレベーターに乗り込み、しゃがんで姿勢を低くし、彼が四階のボタンを押すのを見守る。その間も、犀角は何か気になる様子で気味悪そうにエレベーター内を見回していた。

板橋区の、荒川に近い場所にある古いマンションだ。エントランスのセキュリティシステムは、後から増設したようだった。

史奈は、犀角の胸郭の動きを見て、彼と呼吸を合わせた。少し、息が速い。コンビニまで歩いてきたうえに、本能的に居心地の悪さを感じている。

吸う息。吐く息。

史奈の呼吸が犀角とぴったり合い、史奈が意識してゆっくり呼吸し始めると、犀角の呼吸も穏やかになり、目に見えて彼は落ち着き始めた。それまでそわそわと周囲を見回していたのが嘘のように、瞬きの回数が減り、肩から力が抜ける。史奈の存在と一体化して、意識しなくなったのだ。

四階の405号室の前まで来ると、犀角は再びインターホンを押した。

『開いてるから、そのまま入って』

あのだみ声は熊野だ。

犀角は当然のような顔で玄関の扉を大きく開け放ち、そのままどんどん中に進んでいく。史奈は扉が自然に閉まる直前、滑り込むように侵入した。

「ビール買うてきたでー」

関西風のイントネーションで喋りながら、犀角は奥のソファにだらしなく座っている大男ふたりのもとに急いだ。熊野と大虎が、赤い顔をしてソファの背にもたれている。

史奈は玄関にうずくまり、内部を観察する。

ざっと見たところ、1LDKの賃貸だろうか。築五十年は経過しているようで、エレベーターの型式も古かった。玄関を入ってすぐ、狭い廊下とバスルームへ続くドアがあり、LDKは玄関から丸見えだ。

奥にあるもうひとつの部屋が寝室で、開け放した扉からキングサイズのベッドが見えている。熊野の巨体を支えるには、シングルベッドでは頼りないだろう。

熊野は右の足首をギプスで固定していて、ソファの脇には松葉杖を立てかけてある。退院したとは聞いたが、足を痛めたのは本当らしい。そのわりに、テーブルの上には彼らが飲んだらしいビールの空き缶が七つも転がり、床にはウイスキーの空きボトルまで転がっている。他にも寿司桶や、テイクアウトらしいオードブルの容器も並び、さんざん食い散らかした跡があった。

この惨状では、今朝がた退院した後すぐここに集まり、飲んだくれていたとしか思えない。

「あーあ、散らかってんなあ」

ぼやきながら、犀角が屑籠に空き缶を突っ込んでいく。もはや、買い出しのビールの置き場すらないのだ。

「残りのビール、冷やして」

熊野が指図すると、犀角がムッとした顔になった。

「なんや、俺パシリちゃうで」

「しかたないだろ、俺の足がこれじゃ」

仏頂面の熊野がギプスの足を目で示すと、しぶしぶ犀角が立ち上がり、買ってきたビールを冷蔵庫に詰めていった。大虎はソファで大いびきをかいている。身体は大きいが、それほど酒に強くないのかもしれない。

「こんな足じゃ、しばらく仕事もできないからな。三十万じゃ安かった」

ぼやきつつ、熊野が新しい缶ビールを開ける。史奈は耳を澄ました。

「朝からなんべんも同じことばっかり言うなや。おまえが引き受けたんやろ」

「ふん。まさか、あんな軽業軍団とは思わなかったからな」

「軽業軍団か。うまいこと言うわ」

自分の身体を痛めたわけでない犀角が大声で笑い、ビールを喉に流し込んだ。

——誰に頼まれたの。

録音しているが、いちばん聞きたい言葉が彼らから出てこない。朝から何度も同じことをぼやいているというのなら、きっと退院してからずっと文句の言いっぱなしなのだ。

「勝っていたらなあ。ひとり百万もらえたのによ」

「無理やって。あいつら、ふつうの人間ちゃうわ。軽業どころか、羽でも生えとるで」

犀角の言葉にドキリとする。あいつらとはもちろん、アテナ陸上の三人のことだ。

「勝てなくてもさ、ひとりでも再起不能にできたら、ボーナスをもらう約束だったからな。あの陸上選手、すばしっこくて」

「えげつないなあ。アスリート相手に」

「何だよ、犀角。おまえ、やけにあいつらの肩を持つな」

「あいつらの肩なんか持たへんで。俺はただ、あの気味の悪いおっさんが嫌いやねん。いけずな目つきしとったやろ」

ああ、出水のことだ。そうは思うものの、名前を出してくれなければ証拠にならない。ここまでの会話だけでも、充分スクープにはなるだろうが――。

「まあええやん。ひとり十万でも、こうして思いきり酒飲んで憂さ晴らしできたら。足の見舞いに、俺らの分もおまえにやったやろ」

熊野は缶ビールをひと息にあけ、盛大にげっぷを放った。

「そやけど、面白ないわー」

苦笑する犀角も、部屋にいる限りは気を抜いているようで、史奈の存在には気づきもしない。

史奈は室内を観察した。ボディビルダーの部屋には、バーベルやダンベルがたくさん置いてあるのかと思ったが、意外とそんなものは見当たらない。腹筋台の上にトレーニングチューブが引っかけてあるのだけが、それらしい雰囲気だ。居間の壁一面に鏡が貼ってあるのは、ポージングの練習をするためだろうか。

「正直、俺はあのおっさん嫌いやな。自分の手は汚さんと、カネで他人を釣って誰かを潰させるなんて、サイテーやで」

競技場で見かけたときは三人とも同じ穴の貉に見えたが、犀角はまともな神経の持ち主のようだ。酒の勢いで、本音が出たのかもしれない。受け取った十万円を熊野の見舞いに渡したというが、ようは受け取りたいカネではなかったのかもしれない。

案の定、犀角の言葉が気に障ったらしく、熊野が癇性に笑った。

「おまえはあいかわらず潔癖な優等生だな。そんなに嫌なら、参加しなけりゃ良かったのに」

壁のポスターを眺めていた犀角が、ちらと熊野を見下ろした。どことなく、蔑みの色が見えなくもない。

「競技自体は面白そうやったからな。それに、ドーピングがふつうな世界ってええやん。俺らべつに、そんなにえげつない薬を使うてるわけやないけど、ドーピングしてるか、してないかで分けられたら、『してる』側に分類されるしな。サプリを使っただけじゃ筋肉なんかつかへんから、みんなと同じように鍛えてんねんけど、なんかチートしてるみたいに言われるのも腹立つしな」

でも、と犀角はテンションを落として続けた。

「あのおっさんと話してわかったんや。あの競技、危ないわ。だいたい、選手に怪我のないように考えるのがふつうの運営やろ。特定の選手に怪我させたら奨励金やるとか、頭おかしいやん」

「まあな。よっぽどアテナの三人が嫌いと見たけどな」

へそを曲げていた熊野が、犀角の言葉に共感を覚えたのか頷き、機嫌を直したらしい。

「あれかな、アテナと出水精機の陸上部は、昔からライバルだから、この際、潰しておこうと思ったとかな」

「出水精機？」

「知らんのか？　あのおっさん、出水精機の創業者一族らしいぞ」

「なんやねん、それ――。俺らにあんなこと頼んだのがバレたら、出水精機の陸上部は存続も危ういのと違うか」

犀角が絶句している。史奈は、ようやく出水の名前が出たことに心を躍らせていた。

アテナ陸上と対戦したチームは、出場すればひとり十万円、試合に勝てば百万円、出水から受け取る約束をしていた。ひとりでも再起不能にすれば、さらにボーナスを受け取る約束だった――。

出水が直接、彼らと交渉したとは驚きだった。間に人を挟まなかったのは、信頼のおける部下がいないのか。話が漏れることを恐れたか。あるいは、史奈が考えているほど、彼は大物ではないのかもしれない。

史奈が不法侵入して録ったこの音源は、法的な証拠としては使えないかもしれないが、この三人の口を割らせるためなら、充分利用価値がある。

ふと、熊野が何かに思い当たったように、顔を輝かせた。どうせ、ろくでもないことを思いついたに決まっている。

「――そうか。出水精機って手があるな」

「熊野？　なんや」

ソファの背に腕を伸ばした熊野が、しばらく天井を向いて笑った後、起き直って犀角に言った。

「なあ、そろそろ腹減ったな」

「はあ？　さっき寿司食うたやん」

「それはもう消化したから。そろそろ肉でも食べに行くか」

「肉？」

むくりと起き上がったのは、今しがたまでソファで高いびきだった大虎だ。

「この近くに安くてうまい肉食わせる店、あるよ」

「そこ行くか？」

熊野が松葉杖を引き寄せ立ち上がった。

――こちらに来る。

三人が外出するには、玄関を通らねばならない。この狭い廊下で、彼らとすれ違うことはできない。

とっさに、史奈は廊下の両側に手足を突っ張って登り、天井に貼りついた。

「肉のためなら歩くんやな」

犀角が皮肉を言いながらついてくる。

「そうそう。タクシー呼ぶわ」

スマホの画面を見ながら近づいてきた熊野は、頭上の侵入者には気づかなかった。もっとも、違和感を覚えて見上げたとしても、そこには見慣れた天井しかなかったはずだ。

大虎がトイレをすませて外に出て、エレベーターの音とともに三人の気配がフロアから消えてから、史奈はそっと床に着地した。

――この光学迷彩スーツ、ほんとに優秀。

誰も片付けていかなかったので、室内は空き缶、空き瓶や汚れた食器類で荒れ放題だ。

長居する気はない。あまり期待はできないが、熊野たちと出水を関連づける物的証拠をざっと探してみるつもりだ。

三人の会話を盗み聞いて、理解したことがある。彼らは必ずしも一枚岩ではない。大虎の考えは不明だが、特に犀角は話のわかる男のようだ。

——落とすなら、犀角だ。


「こっち」

階段を上がってカフェに入ると、奥の席にいた女性が立ち上がり、手を振った。

堂森明乃だ。

「すみません、お呼び立てして。相談に乗ってほしくて」

「何言ってんの、水くさい。協力しますよ、当たり前でしょう」

明乃の前にホットコーヒーがあるのを見て、史奈は同じものを注文した。

渋谷駅からほど近い、ビルの二階にあるカフェに来ている。教授に会いたくない今、相談できる相手は明乃くらいなのだ。容子は手近な相談相手だが、彼女はずっとアテナの合宿所に行ったきりだ。

「武は競技場に行ってる。もうじき今日の試合が終わるから、連絡があると思うけど」

明乃の短い報告に、史奈は頷いた。駒沢オリンピック公園の競技場では、本日、ハイパー・ウラマ一回戦の二日めが行われている。〈ツキ〉のひとり堂森武は、昨日アシヤの隣に座っていた男が今日も来ていれば、正体を確かめるべく尾行する予定だ。

「そう言えば、今日はずいぶん退屈な試合ばかりみたいよ」

明乃がニヤリと皮肉に笑う。それは無理もないことだ。昨日は〈梟〉と〈狗〉が混じっていたのだから、今日の出場者は比較されて迷惑しているだろう。

注文したコーヒーが来てから、史奈は熊野の自宅に潜入し、三人の会話を盗み聞いたことを話した。光学迷彩スーツには明乃も強い興味を持ったようだが、今その話をするほど彼女も暇ではない。熊野の自宅には、出水との関係を証明するようなものは、見当たらなかった。さすがに、証拠を残すほど出水も愚かではないだろう。

「話を聞くなら、犀角という男ね」

明乃も史奈と同じ結論に達したようだ。

「その件なんですが、直接対戦した私たちには、犀角も複雑な気持ちを持っていると思うんです。正直に話してくれるとは思えなくて」

「――そうね。特に、女性に負けたとは思いたくないだろうし」

明乃がにやりと笑う。彼女はこんな時、ほんの少し意地悪だ。

「犀角という人は、出水の性格や競技の運営に対して疑念を抱いているようです。記者の方喰さんを巻き込んで、犀角を取材してもらってはどうかと」

本来、派手なことが好きなのはむしろ熊野で、記者が話を聞きたいなどと言って接触すれば、喜んで飛びつくだろう。だが、熊野は競技にまだ未練があるし、出水からもっと金銭を引き出せないかと考えている節があった。本当のことはそうやすやすと漏らさないはずだ。

「なるほどね――。その方喰という記者さんは、信用できる人なの？」

「信用できると言えるほど、深いつきあいではありません。だけど、方喰さんはハイパー・ウラマで不正が行われていると聞けば、独自に調査を始めるタイプです」

「なら、まずまず信用できるわけね」

明乃がたくましい腕を組んだ。

「競技の性格上、ハイパー・ウラマの競技団体に接触することは、危険を伴うと思われます。ですが、犀角から話を聞くだけなら、方喰さんを危険にさらすことはないと思うので」

「いいんじゃない。犀角がどこまで話すかはわからないし、記者さんの腕によると思うけど」

そこは、あまり心配していない。なにしろ、初めて長栖兄妹を取材した時には、あの誰にでもすぐなつくわりに口下手な諒一に四時間も熱弁をふるわせたほど、話を聞きだすのが上手だったと容子が語っていた。

「待って。武から電話みたい」

明乃がスマホを取り出し、イヤホンマイクを差して電話に出た。片方のイヤホンをこちらによこしたので、史奈も会話を聞いてみる。

『ごめん、あの男、逃がしちゃったんだ』

「はあ?」

長男の情けない告白に、明乃の目が冷たい半眼になる。

「どうしてそうなるの。あんた、何のために朝早くから競技場に張り込んだの」

『ごめん。あいつ、俺の尾行に気づいたみたいで、さっさとタクシー使って逃げられてさ』

「あんたね、素人じゃあるまいし――」

『だけど、会場で遥に会ったんだ』

史奈は明乃と顔を見合わせた。

『遥が、あの男のこと知ってるって言うから。いま、一緒にいるんだよ。待って』

『――明乃さん? 遥です』

「遥ちゃん? 実はこっちも史ちゃんと一緒にいるのよ。それにしても、どうしてあなたが競技場にいるの?」

『史ちゃんもいるの? 私、ハイパー・ウラマのイメージガールに選ばれたらしくて、今日は事務所と運営が契約を結ぶというので、こちらにお邪魔していたんです』

「ちょっと遥ちゃん——あなたのイメージを損なうよ、その契約」

明乃が眉をひそめている。史奈も同感だった。そんなＣＭに出演しなくても、遥は今まで通りの路線でドラマやバラエティに出ていれば、一直線に人気者になれるはずだ。

『実は、昨日の試合を見た事務所が、契約に二の足を踏み始めていて。あまりに暴力的な試合が行われるのなら、ＣＭ出演は遠慮したいと言ったので、契約締結にいたらなかったんですけどね。それで、ここからがお伝えしたかったことなんですけど、皆さんが探しておられるのは、奥殿大地という人だと思います。ハイパー・ウラマ日本支部の立ち上げに尽力した人です』

遥は史奈にメッセージを送り、写真を添付したと言った。

『契約にはいたらなかったんですが、事務局の人が私と写真を撮影していいかと言うので、一緒に写真を撮ったんです。その時、周囲にいたアシヤさんや奥殿さんにも強引に誘って入ってもらったんですよ』

遥が送ってくれた写真には、たしかに昨日、特別席でアシヤの隣にいた男性が写っていた。色白でほっそりした、おそらく三十代と思われる男だ。こちらに先入観があるせいかもしれないが、カメラにどことなく挑戦的な目を向けている。

「この人。間違いない」

『やっぱり？　奥殿さんは、日本支部の立ち上げを担ったそうだけど、いまは支部の肩書とか持ってなくて。表には名前が出ていないんです。アシヤさんとは今でも仲がいいみたいだし、今日も一緒に観戦していたみたい』

「名刺とかもらった？」

『いいえ。でも実はマネージャーが、彼のこと知ってたの』

「どういうこと？」

展開が思いがけなさすぎて、行く先が見えない。

『うちの事務所に所属している先輩女優が、奥殿さんの会社のイメージキャラクターなの。彼はそこの社長なんですって』

試しに「奥殿大地」という名前をネットで検索してみた。なるほど、マネージャーの証言を待つまでもない。「ファインアート・オークション」という企業のサイトが出てきた。

「アート作品のオークションを運営する会社の社長ってこと——？」

『そう。マネージャーから聞いた話の受け売りなんだけど、西洋美術、日本美術のほか、アジアの古美術もオークションにかけるんですって。会社自体は祖父の代からで、長いあいだ画廊を経営していて、今みたいに手広く商売をするようになったのは、奥殿大地が跡を継いでからだそうよ』

そんな男が、なぜハイパー・ウラマに関わっているのか。アシヤとも、出水とも親しげに会話していた。

『ファインアート・オークションの住所は、ホームページにも出ているみたい。奥殿社長の自宅はわからないけど――』

「遥、ありがとう。あとは私たちで調べてみる。助かった」

あの男の名前がわかっただけでも、ずいぶん前進したものだ。

『史ちゃん、試合見たよ』

ふと、遥が真面目な声音になって続けた。

『あんなのフェアじゃないし、スポーツですらない。だけど、それでも負けない史ちゃんたちが、かっこよかった。応援してるからね』

「うん――ありがとう」

遥だって負けないタイプだ。もしも彼女が里に生まれて、自分たちと同じように育っていたら、きっと彼女も里を縦横無尽に走り回っていたはずだ。想像すると、ちょっと微笑ましくて唇が緩む。

「うちの武より、遥ちゃんのほうがよっぽど一族らしいし使えるじゃないの。まったく、帰ったら武の奴、シメてやらなくちゃ」

通話を切った明乃が、冷たい怒りのオーラを放ちながら呟く。〈ツキ〉の役割を押し付けられた彼女の長男は、多少のんびりしているし身体能力的にも一族の中では目立たないほうだが、悪い男ではない。母親が、何でもできて自他ともに厳しい明乃なので、むしろ気の毒なくらいだ。

「奥殿という男と会社は、私も調べてみる。犀角の件は史ちゃん、お願い。だけど、学校もちゃんと行かないとダメだからね。ただでさえ、競技に出場するために時間を取られているでしょう」

史奈は頷いた。そういう明乃だって、仕事があるのに協力してくれているのだが、大学にはそろそろ行かないと、単位が危ないと脅かされている。

「明乃さん、ありがとう」

「だから、水くさいってば。それより、史ちゃんは榊先生の家に一度帰ったほうがいい。昨日、あんな急に出て行くから、みんな心配してたよ」

「うん――」

きっとそう言われるとは思っていたが、つい視線を落としてしまう。じっとこちらを観察していた明乃がふいに吐息をついた。

「だいたい、何があったかわかるけどね」

「明乃さん、父さんと母さんが新薬を自分の身体で治験してるって知ってたの？」

「そりゃあね。はっきり聞いたわけじゃないけどさ。私と希美は幼馴染なのよ。あの子が考えることくらい、読める」

　自分が生まれる前の母親と明乃を想像する。容子と自分や、遥と自分のようだったろうか。母親にとって、明乃はさぞかし頼れる「姉貴分」だったろう。

「史ちゃん、あなたのお母さんは、里でいちばん足が速くて、誰よりも活発だった。どれほど彼女がもとの身体に戻りたいと思っているか、想像するだけであたしは涙が出てくる」

　そう言いながら、明乃は理性的な剣士のように涼しく厳しい表情で、コーヒーをすすった。向かい合わせに話を聞くだけでこちらの背筋も伸びるほど、凛として透徹したまなざしだ。

「史ちゃんに、わかってあげてとは言えない。そんなのあなたに残酷だと思う。だけど、しばらくお母さんたちの好きにさせてあげて。何も毒を飲もうってわけじゃない。自分たちで開発した薬なの。納得がいくまで試してみて、それでだめならちゃんと諦めるだろうから。ああ見えて、あの夫婦は理性の塊なのよ」

　史奈はうつむき、軽く自分の唇を嚙んだ。両親が、命に関わる決定をした。しかも、母親は〈シラカミ〉を治せるかもしれないという、おそらく無謀な望みを抱いてしまっている。

　それよりもっと史奈が不満なのは、その決定を彼らが史奈に隠していたことだ。

——おまえはまだ子どもだから。

暗にそう言われているようだ。そして、それをストレートに不満に感じる自分は、やっぱり子どもなのかもしれない。そう考えると、よけいに気が滅入る。

そんな史奈を、明乃の怜悧な瞳がじっと見つめていることに気づいた。顔を上げると、明乃が微笑んだ。

「何か気になる？」

「——なんだか自分が子どもみたいで。ばあちゃんの代わりに、早く大人にならないといけないのに」

母親の幼馴染だからか、明乃を前にすると頑なな心が解けた。ついつい、言わなくてもいいことまで打ち明けてしまう。

「子どもみたい、かあ。うちの武なんか、史ちゃんよりいくつも年上なのに、ずっとガキみたいなんだけどなあ」

明乃が目を細めた。

「史ちゃん、急がなくても大丈夫。時間ってすごいんだよ。いろんなことを解決してくれる。史ちゃんが悩むのは、理想が高いからだよ。あなたのおばあちゃん——榊の〈ツキ〉は、ここ何十年も里人が見たこともないくらい、立派なリーダーだったんだから」

——慌てちゃだめ。

そう諭されている気がする。

祖母に追いつくには、まだまだ時間と努力が必要だ。

「教授からのメッセージ、たくさん溜まってるでしょ。そろそろ返事してやりなさいよ。でなきゃ心配のあまり追っかけてくるよ」

明乃に言われ、史奈は苦笑とともに頷いた。

10

翌週の史奈たちの試合は、早々にキャンセルの連絡があった。アテナ陸上チームの不戦勝だ。

史奈はハイパー・ウラマの試合に向けて鍛錬を怠らず、警備員のアルバイトにも行き、その間に大学の授業に出るような毎日だった。週末の二回戦がキャンセルされたことは、金曜の授業中に監督からメッセージを受け取って初めて知った。

一回戦を勝ち進んだ対戦チームは、明らかに場違いな学生たちだった。優勝賞金に目がくらみ、ドーピングの何たるかもほとんど勉強せずに面白がって参加したようだが、たまたま一回戦で当たったのが五十歩百歩の社会人チームで、勝ち上がってしまった。

だが、〈狗〉と競泳チームの試合を見て、下手をすれば大怪我を負いかねない競技だとわかり、家族や周囲の人々に強く止められたようだ。

『ハイパー・ウラマの運営も、参加者の数を確保するために、質を落とさざるをえない面もあったんでしょう。チケットが払い戻しになるので、ぎりぎりまでキャンセルは避けようとしたらしいですが』

その夜、史奈のマンションと合宿所とを結んでのオンライン会議で、カーヴァー監督がそんなことを言った。どこか、ホッとしたような雰囲気もあった。

『一回戦の日、榊さんを狙って矢のようなものが飛んできたでしょう。警察に届けて捜査してもらったのですが、まだ犯人の糸口もつかめていないようです』

「ありがとうございます。すぐに捕まるような犯人ではないと思いますし」

吹き矢の線は、あまり期待していない。

『お菓子の差し入れをくれた女子高生たちがいたでしょう。あのお菓子も念のために調べさせたんですが、ドーピングの禁止リストに載っている物質が、しっかり含まれていましたよ。まさかと思いましたが、調べさせて本当に良かった』

油断も隙もない、と監督が苦い表情で愚痴をこぼす。さすがにその件は、史奈もいい気持ちはしない。あの日、頬を染めて差し入れを渡してきた少女たちは、自分とあまり変わらない年ごろだった。彼女たちが自分の意思でやったとは思いたくない。誰かに騙(だま)されたのだと思いたい。

『試合のたびにこんなことが起きるようでは、みんなを守りきれない。二回戦がキャンセルされたので、正直に言って僕らもホッとしています』

郡山広報室長が、ふだんは陽気な丸顔を曇らせて頷いている。

『ついては、準決勝からは警備スタッフを増員して、競技場の控室にも同行させることになりました』

「警備――ですか」

正直、あまり史奈は乗り気ではなかった。周囲に人間が増えれば、自分の素顔を見られる可能性も高くなる。並みの警備スタッフより、自分たち〈梟〉のほうが防御能力も高いはずだ。でも、それを口にするのは憚られた。

『僕らも、ずっとみんなと一緒にいるわけではないですし。席を離れた隙に何かあったらと思うとね』

『身元の確かな警備スタッフなので、安心してください』

監督と郡山が、かわるがわる説得するように言った。

「諒一と容子ちゃんはどうしてます？」

オンライン会議に参加していないふたりを気遣うと、監督が郡山と顔を見合わせる。

『まだそっちに行ってませんか？』

『週末の予定が空いたので、今日はいったん合宿所を出て休みを取ると言って……榊さんと合流したかと思っていたな』

あのふたりが仲良く休暇を取っている姿は、あまり想像できない。スマホを確認すると、長栖兄妹からの連絡はないが、珍しく十條から着信があったことはわかった。彼が電話をかけてくるなんて、今までなかったのに。

首をかしげていると、インターホンが鳴った。

モニターに映っているのは、噂をすれば影——の長栖兄妹だ。

急いでマンションのエントランスのロックを解除して二分もすると、玄関の呼び鈴が鳴った。

「はーい」

諒一がドアの前で陽気に手を振っている。

変装のつもりかもしれないが、諒一は野球帽に丸い縁のサングラスをかけ、サスペンダーつきのパンツにチョッキという謎のいで立ちだ。ふだん通りの容子が、いっそ潔い。

「さっき、監督たちと話してたんだけど——」

「二回戦のキャンセルだろ。そいつはまあ、どうでもいいや」

乱暴に言い捨てた諒一が、靴を蹴るように脱いでキッチンの冷蔵庫に駆けつけた。

「あっ、ビールない。コーラもない。ちぇー」

「冷たいお茶があるでしょ」

「ちぇー」

ポットに入れて冷やしている麦茶をグラスに入れ、しぶしぶ戻ってくる。

「どうしたの？」

ふたりがそろって史奈の自宅に来るなんて、初めてだ。しかも、何か言う前から、ふたりが奇妙に高揚しているのが感じ取れる。諒一はグラスの麦茶をひと息に飲み干し、やっと人心地ついたらしく満足の吐息を漏らした。

容子が、身振りで「座って」とベッドを指さした。ワンルームマンションだ。シングルベッドに机を入れたら、それでもう室内がいっぱいいっぱいだった。史奈がベッドに腰を下ろし、諒一はひとつしかない椅子に腰かける。容子は床のクッションに落ち着いた。

「私たち、朝からハイパー・ウラマの事務局に忍びこんだの」

「事務局？」

「青山（あおやま）にオフィスがあるんだよ。どうせたいしたものは置いてないと思ったんだけどさあ」

ふたりによれば、日本ハイパー・ウラマ協会なる団体が、国内の競技の正式な運営母体となっており、青山にあるビルの一角を借りているのだそうだ。

「だって、諒一と容子ちゃんは顔も知られているのに――」

なんと無謀な冒険をするのかとあっけにとられる。

「だって俺たち、ずっと合宿所に閉じこもってて退屈なんだよ」

「まあ、それほど本格的に調査したわけじゃない。正面きって、諒一に見学に行かせたの。諒一は、騒ぎを起こしてみんなの目を引きつけるのが得意だから。その隙に、私が事務局の内部を調べたわけ。かくべつ目を引くものはなかったけど——パソコンに入っていた会計の帳簿はちょっと面白かった」

容子は、ショルダーバッグから出したタブレット端末を操作し、ダウンロードした帳簿の表計算シートを開いてみせた。

立ち上げたばかりの競技で、競技人口など数えるほどだ。事務局の仕事は、競技大会の運営と広報活動がメインだった。

「始まったばかりの競技なのに、競技場の観客席は八割がた埋まっていたでしょう。不思議に感じていたんだけど、帳簿を見て、だいたいわかった。売れたチケットは全体の二割程度で、残りは広報活動の一環として協賛企業や団体に配ったらしい」

「そんなことをして何になるの？　会場を借りるにもお金がかかるし、運営や警備のスタッフだってボランティアじゃないでしょう。広告費とかもかかるし、駅から会場まで誘導用の案内板や幟（のぼり）も立ってたよね」

「今のところ、競技自体は大赤字だと思う。だけど、最初のうちは赤字でいいと思ってるんじゃないかな。数年で競技の認知度を上げて、競技人口も増やして、お客が呼べるようになれば元が取れる」

「ずいぶん気の長い話——」

史奈は眉をひそめた。ハイパー・ウラマの運営母体には、最初から何かうさんくさい印象がつきまとう。本当は何か別の目的でもあるんじゃないか。

「競技本体では赤字だけど——」

「オンラインカジノの売り上げは、まあまあ良かったみたいだ」

容子の言葉を引き取り、諒一がしたり顔で続けて指を振る。

「カジノ？」

「この競技は最初から、記者会見の動画を世界中に拡散させて、関心を引いただろ。大会の日程が公表されたとたん、各国のブックメーカーがハイパー・ウラマのページをオープンした。もちろん日本での競技も賭けの対象になってる。ちなみに現在、ハイパー・ウラマの試合を開催中なのは、日本とブラジルな」

「それって合法なの？」

「日本国内での賭博は、公営の競馬や競輪、ボートレース、オートレース以外は違法だよ。時々、野球賭博で逮捕者が出たりするだろ。だけど、海外のブックメーカーが開催するスポーツベット——スポーツを対象にした賭博は、日本国内の競技も対象にしている。向こうでは合法だからね」

「オンラインカジノには、世界中どこからでも参加できる——もちろん日本からも。それは合法なの？」

「いいところに気がついたね、史奈くん」

椅子の上で諒一がふんぞり返り、その足を容子が蹴飛ばした。

「もちろん日本人もスポーツベットに参加していると思う。だけどね、史ちゃん。この際、日本人が賭けに参加しているかどうかは問題じゃないの。世界中でハイパー・ウラマにお金を賭けた人がいたってことは——」

「それだけ世界中で注目されている——」

「史ちゃんには見せたくなかったんだけど」

容子がタブレット端末を操作すると、海外のニュースサイトが表示された。英語の記事以外はタイトルすら読めないが、トップに使われている写真を見て、史奈は思わず顔色を変えた。

試合中のルナのアップだ。

「素顔がわからないメイク、正解だったたね。私もするべきだったかも」

今回、ハイパー・ウラマの女子選手は、各国のチームを含めても容子とルナのふたりだけだ。試合中に望遠レンズで狙ったものばかりだが、ニュースサイトはふたりの写真であふれている。

「女性が参加しているチームはひとつだけだから、賭けの対象としては人気がなかったの。一回戦は、もちろん対戦相手のチーム・ユーザーが人気だった。おかげで試合終了後の払戻金は七倍くらいになって、それがまた話題になったわけ」

「ちぇー。俺も賭けとけば良かった」

諒一がよけいなひとことを呟き、容子に白い目で見られている。

「結局、お金が目当てなのかな」

それなら、いっそわかりやすい。

「そうね。お金も理由のひとつではあると思うけど、ハイパー・ウラマってどこか、得体の知れない感じがするね」

「アシヤという人も、正体不明だし」

史奈の呟きに、容子が何か思い出したようにスマートフォンを取り出した。

「そう言えば、アシヤが宿泊しているホテル、わかったよ」

「どうやったの？」

「事務局長の席に固定電話があって。着信と発信の履歴を控えてきたの。電話番号をひとつひとつ調べてみたら、東京駅近くの一流ホテルと数回、やりとりがあってね」

ひょっとして——と、そのホテルを張り込んでみると、ハイヤーらしい車で出入りするアシヤの姿を見かけたそうだ。

「アシヤの部屋に行ってみる？」

「それがね、海外の競技大会も始まるからって、アシヤはいったん日本を離れたらしい。決勝戦は見に来るつもりかもしれないけど」

それは残念な話だ。

今度は史奈が話す番だった。堂森親子と遥の力を借りて調べた、奥殿大地という美術商の話をふたりに聞かせた。

「例の、アシヤの隣にいた男ね」

「そう。明乃さんにも調べてもらったけど、今のところ大きな収穫はないかな」

ただ、奥殿の経歴には不可思議な点がいくつかある。美術商を始めた祖父と、跡を継いだ父親はわかっている。だが、父親は結婚した形跡がなく、大地は十五歳の時に奥殿家に養子に入ったらしい。そして、父親は大地が二十五歳の時に亡くなった。

「明乃さんが、奥殿大地の戸籍謄本を取ったの。養子縁組する前の本籍地と筆頭者も載ってる」

熱心に謄本のコピーを見ながら容子が首をかしげた。

「戸籍謄本って、他人のも取れるの？」

「司法書士とか弁護士、税理士みたいな職業の人は、業務に関係する戸籍謄本を職権取得できるんですって。明乃さんは、遺産分割調停に必要だからと理由をつけて、依頼人の委任状を偽造して知り合いの司法書士に取ってもらったんですって」

「それ――」

違法だよね、という言葉を容子が飲み込む。

バレたらその司法書士の資格も危ないだろう。明乃が言うにはかなりダーティな仕事をしている人らしい。そもそも、他人の家に侵入するのも違法だ。人のことを言えた義理ではない。

「奥殿大地の従前戸籍は、栃木県の北部にある山の中なんですって。明乃さんが現地に足を運んでくれた。元は集落があったようだけど、もう誰も住んでなくて家も残ってないって」

史奈の説明に一瞬の沈黙が下りたのは、三人とも〈梟〉の里を思い起こしていたからだろう。

――今は住む人のいない集落から来た少年。

日本中に、「消えた集落」はいくつも存在するはずだ。そうは思うものの、こんな形で遭遇すると、不審な印象は湧く。

「奥殿が養子に入った事情を知っている人がいれば、話を聞いてみたいね」

容子の言葉に頷いた。

「方喰さんはどうなんだ？　何か犀角から聞き出してくれた？」

諒一が立ち上がり、再びお茶をグラスに注ぎながら尋ねる。史奈は首を横に振った。

「犀角はインタビューを断ったって」

「断った？　何のインタビューだと言ったんだろう」

「ハイパー・ウラマの参加者に感想を聞きたいって。特に、ドーピングについての意見を聞かせてほしいと言ったそう」

もちろん、本当に聞きたいのはそんな話ではない。それは方喰の方便だ。

熊野や犀角らの会話の録音を聞かせた時は方喰も驚愕していたが、あの内容を犀角が素直に認めるとは思えない。むしろ、彼がインタビューに応じるまでは、方喰もあれを切り札として取っておきたいだろう。

「今週末に時間が取れるから、方喰さんが犀角の仕事場に押しかけてみるって」

もし、ハイパー・ウラマの運営母体と関係のある出水が、アテナ陸上チームのメンバーに怪我をさせて、出場できなくすれば報酬を出すと約束したのが本当なら、大変な話だ。方喰は激しく憤っていた。彼は諒一と容子のファンなのだ。

「週末まで進展はなさそうだね」

容子も頷く。

——彼女たちが、何も聞かないのがありがたかった。

先日、なぜ史奈が急に教授の家を飛び出したのか。なぜしばらく彼女たちからの連絡にも応答しなかったのか。

教授からのメッセージに短い返事くらいはするようになったが、肝心の母親の件や薬の件については、まだ何も会話していない。きっと教授は自分を説得しようとするだろう。そう思うと、話す気になれない。

「なあ、これから飯食ってカラオケにでも行かないか？　俺たち、ずっと合宿所に閉じこもってるから、つまんなくて」

諒一が、グラスを洗いながらそんな提案をする。

「『俺たち』ってひとまとめにしないでくれる？　私はべつにつまんなくないけど」

「容子はいいよな、空いた時間で卒業論文書いてるし」

「諒一も何かすればいいいじゃない」

「何かって何だよ。ゲームはもう飽きたよ」

子どものころから、この兄妹はこんな感じだったような記憶がある。史奈が笑っていると、インターホンが鳴った。

「はい？」

誰か来る予定はないし、荷物を頼んだ覚えもない。不審に感じながら応答すると、諒一と容子が背後で沈黙し、様子を窺った。こういう察しの良さも一族らしい。

モニターに映った十條を見て驚いた。そもそも、自宅を教えたつもりはない。

『少し話があるんだ。一階のロビーでいいから、中に入れてもらえないか』

十條はあいかわらず、陰鬱な影を漂わせている。大きなバックパックを背負っているのが気になった。

「——わかった。ロビーで待ってて」

戸惑ったが、マンションに入れもせずに追い返すのもどうかと思う。とりあえずエントランスの鍵だけ開けてやった。

「待てよ、なんで来たんだ？　あいつ、〈狗〉だろ？　入れるなよ、あんな奴」

「諒一、十條さんは〈狗〉だけど、教授の弟子だし、〈狗〉とは敵対してるらしいから」

諒一が嚙みつくように吠えるので、冷静な容子が彼を宥めにかかっている。

「どうして来たのかわからないけど、下で話を聞いてみる。ふたりはここにいてくれる？」

「史ちゃん、念のために私も行こうか」

「ううん、容子ちゃんもここにいて。十條さんは敵じゃないし、私たちは今、一緒にいるところを誰かに見られないほうがいいと思うから」

史奈が諒一や容子とつるんでいれば、ルナの正体も一目瞭然だ。

「——わかった。何かあればすぐ呼んでね」

容子は納得したが、不安そうだった。

そう言えば、十條から電話があったのに、その時は気づかなくて出なかったし、かけ直しもしなかった。電話はどうも苦手だ。

玄関を出て、三階から階段を駆け下りる。

一階のロビーに出ると、言われた通り十條がロビーのソファに腰を下ろし、傍らに置いたバッグパックに片腕を載せて待っていた。

「十條さん」

史奈の声に顔を上げた彼は、まぶしそうに目を細めた。

「——やあ」

「よくわかったね、ここが」

十條は、ばつの悪そうな表情を浮かべた。

——匂い、か。

教授の家から、尾行されたのかもしれない。ふつうに追いかけてこられたなら史奈は気づいただろうが、残り香を追って場所を突き止められたのでは、さすがに気づけない。

「——君はわりと鉄砲玉だから、居場所を知っておいたほうがいいような気がして」

「どうしたの、急に」

「実は、いったん故郷に帰ることになって」

「帰る?」

「一族の長が亡くなったんだ。だから、みんな葬儀に出なきゃならない」

戸惑いつつ、十條の隣に腰を下ろす。一族の長という言葉に過剰に反応してしまうのは、自分も似た境遇にいるからだ。

「それは——大変なことね。お悔やみを申し上げます」

こんな時は、「〈梟〉を代表して」と言えば良かったのだろうか。祖母ならきっとそう言った。史奈自身は、まだそれを言うのは早い気がする。そこまで立派じゃない。

「もう九十近い歳だから、いつかはこうなると思ってたけどね」

「〈狗〉の里はどこにあるの？」

十條が微笑んだ。

「悪いがそれは秘密なんだ。丹後の山の中とだけ言っておくよ」

その返事で、自分がうっかり礼を失する質問を投げかけたことに気づく。しかも〈梟〉と〈狗〉はいま、敵同士ではなかったか。

「ごめんなさい——」

いや、とのんびり答える十條の横顔は、陰影が深く尖っている。

「みんな葬儀に出るって、森山さんたちも里へ？　日曜は試合があるはずだけど」

「いったん戻って、試合には出るだろう」

「その——十條さんは戻って大丈夫なの？　一族と仲たがいしているのかと」

「私は嫌われているからね」

十條は〈狗〉の特殊性を嫌い、自らの手でその遺伝子を修正しようとしている。〈狗〉の特徴を誇りに思う仲間に囲まれ、さぞかし居心地の悪い葬儀になりそうだ。たとえ仲たがいしていても、長の葬儀に顔すら見せなければ、それは一族と縁を切るという意味にもなるだろう。

そう言えば祖母の葬儀は、諸般の事情で失われた〈梟〉の里で行った。もともと〈梟〉は、里に伝わる儀式以外に宗教を持たない。檀那寺もなく、これまで葬儀は〈ツキ〉が讃を唱えて執り行うのがふつうだった。

里の家は更地に還っていたので、葬儀はごく簡素に行ったのだが、それでも祖母を知る一族の者たちが日本全国、どころか海外からも駆けつけてくれたのには驚いたし、心強かった。

〈狗〉にも、似たような一族への愛情の深さがあるのだろう。

「もし、里に戻って何か問題があれば、連絡してね」

「ああ。ありがとう」

「教授は――」

「さすが親子だな。君とそっくり同じ反応だったよ」

十條がにっと笑うと、尖った犬歯があらわになる。

教授に報告済なら、どうして自分にまで会いに来たのだろう。そうふと心によぎったのが伝わったか、十條がこちらを向いた。

「君と話したかったんだ。希美さんのこと」

「母のこと──」

「榊先生は、詳しく説明しないだろうからね。いい人だが、いちいち説明しなくても相手がわかってくれると思っている節があるから」

十條が肩をすくめる。

「先生と希美さんが〈梟〉の里を下りたのは、研究を続けたかったからだと聞いてる。ふたりは、〈梟〉の性質を発現する遺伝子を特定しようとしていた。前にも言ったかもしれないけど、人間がいちばん興味を持つのは、自分自身だと思う。先生たちもきっと、なぜ自分は眠らないでいられるのか、不思議だったんだよ」

「それは──わかるけど」

そのために史奈を祖母に預け、里を下りて東京に引っ越したのだと思うと、複雑だ。

「だけど、研究の途中で希美さんが〈シラカミ〉を発症した。希美さんも、それを知った教授も、その瞬間から研究の目的が変わったんだと思う。〈梟〉の性質の研究から、〈シラカミ〉の予防と治療へとね」

「治せるの？」

「たとえば麻疹は、江戸時代には『疱瘡は器量さだめ、麻疹は命さだめ』と言われるくらい、死亡率の高い病気だった。今でも怖い病気には変わりないけど、予防接種のおかげで患者数がぐっと減っただろう。ＨＩＶだって、発見当初は感染すれば命のない病気だと考えられていたが、今は抗ＨＩＶ薬で長期間にわたって発症をコントロールすることができるようになった。どんな病気も、諦めずに研究を続けたからこそ、今の医療があるんだ」

　諦めない、と史奈は口の中でその言葉をかみしめた。諦めなければ、いつか母が自分の意思で身体を動かす日も来るのだろうか。

「それにね。先生の研究は、おそらくそれだけに留まらない。先生と栗谷君が開発した例の薬は、〈梟〉だけじゃなく、多くの人を救える可能性があるんだ」

　難しい説明は省くけど、と前置きして、十條は、〈梟〉の井戸水に含まれていた薬効成分に期待される効能について教えてくれた。

「ゲノム不安定性疾患と総称される疾患がある。ＤＮＡってのは、紫外線とか放射線、化学薬品の刺激なんかで、どんな人間でも傷ついているものなんだ。だけど、一般的な人の身体にはＤＮＡ修復機構・ＤＮＡ損傷応答機構というのがあってね。傷ついたＤＮＡをちゃんと治してくれる。ところが、このＤＮＡを治す仕組み自体が傷ついていると――ＤＮＡは傷ついたまま、分裂を繰り返す。修復が不可能なほどに」

「〈シラカミ〉もそうなの？」

「そう、一種のゲノム不安定性疾患だと思う。実はこれ、癌にも関係がある。ゲノム不安定性とは、遺伝子が突然変異を起こしやすいということだ。突然変異を起こした細胞が蓄積すると、癌になる」

十條の話がどこに向かっているのかわからず、戸惑いながら聞いていると、彼が小さく笑った。

「そう言われてもピンと来ないだろうね。つまりね、教授が開発している薬は、〈梟〉の一族を〈シラカミ〉から救うだけじゃなく、癌になりやすい体質を持つ人にとっての、予防薬としても効果があると思われるんだ」

「それって――」

現在生存している〈梟〉は、史奈が把握している範囲では、五十人ほどだ。だが、癌患者やその予備軍というべき人の数は？

日本人のふたりにひとりが癌になり、三人にひとりが癌で死ぬと言われる時代だ。

――はるかに多くの人を、救えるかもしれない。

その言葉がずしんと重く響く。

「厚生労働省の承認を得るまでは長い道のりだと思うけどね。教授と希美さんは、希美さんがまだ体力を残しているうちに、治験にこぎつけようと必死なんだよ」

「もしその薬が、癌の予防薬として承認されたりすれば——」

「うん。教授はこの薬の特許を取って、収益が上がれば一族のために財団法人を作ろうとか、いろいろ考えているみたいだ」

史奈は言葉を失った。

——自分は本当に、まだまだ人間が小さい。

子どものよう、ではなく本当に子どもなのだ。みんなしっかり地に足をつけて、一族のために道を切り開こうとしているのに、自分ひとりふてくされているなんて。

「なあ、君を責めてるわけじゃないからな？」

十條が史奈の顔を覗き込んだ。

「先生は期待させるのはまだ早いと思って、君に説明していないんだ。たしかに、薬の承認も特許もこれからだ。けど、説明しておかないと君が無駄に気を揉むだろうと思って。それに、ちょうどしばらく研究室を離れるから、もし私が喋ったことがばれても、次に会うころには先生も忘れてるだろうし」

十條が唇の端を片方上げて笑った。そんな冗談を言う人だと思わなかったので、史奈もつられて笑った。

「——教えてくれてありがとう。事情がわかって、少し気が晴れたかも」

「それは良かった。身近な人間ほど、相手のすごさがわからないものだと言うだろう？

榊先生たちは、国内でも有数の研究者だよ。もう少し信用してあげて」

その言葉で、自分が新薬の効果を疑い、まるで毒でも飲むように考えていたのだと気づいて、ようやく気分がほぐれてきた。たしかに、十條の言う通りだ。里の暮らしを捨てて、東京に出てまで研究を続けた人だ。

史奈が笑うのを見て、十條はバックパックを引き寄せ、立ち上がった。

「さてと。それじゃ、私はそろそろ行くよ」

「うん。くれぐれも気をつけて。何か困ったことがあれば、教授でも私でもすぐ電話してね」

「ありがたいね」

ふと、十條は表情を引き締めた。

「近ごろよく考えるんだ。一族の能力が、〈狗〉ではなくて〈梟〉のようだったら？　そうしたら、私も一族の一員であることを誇りに思えたんじゃないかとね。——まあ、これでは、うちの一族で裏切り者扱いされるのも無理ないか」

史奈が言葉を探しているうちに、十條は微笑とともに小さく頭を下げ、マンションのエントランスから出て行った。史奈はその背中を見送り、部屋に戻ろうとして、エレベーターホールの人影に気がついた。

気配を消して、容子が佇(たたず)んでいる。

「容子ちゃん――どうしたの」

一瞬、十條と会う自分を監視されていたようで嫌な気分になったが、容子のただならぬ表情に気づいて、彼女が突き出したスマホの画面を見つめた。ニュースだ。

『渋谷で若者の乱闘騒ぎ』

これがどうかしたのかと史奈が眉をひそめると、容子は十條が立ち去ったことを確認するかのようにエントランスの向こうを見た。

「これ、週末の〈狗〉の対戦相手。三人とも重傷だって」

「え？」

史奈も急いで自分のスマホを取り出し、事件の詳報を検索した。ほんの数時間前に起きた事件のようだ。

重傷を負ったのがハイパー・ウラマの出場者だとは、速報レベルの記事にはまだ書かれていない。容子は被害者の名前を見て、〈狗〉の対戦相手だと気づいたと言った。嫌な予感がする。

「――喧嘩(けんか)の相手は誰だかわからないの？」

容子が無言で頷く。記事には、偶然、渋谷の街で若者のグループ同士の諍(いさか)いが発生し、片方のグループ五名が一方的に腕の骨を折られるなどの重軽傷を負って病院に運ばれたとある。加害者ふたりは黙って立ち去ったそうだ。白昼堂々、あっという間の出来事だったようで、目撃者はいるようだが、喧嘩の写真などはまだ出回っていない。警察も、まだ加害者の素性はわからないようだ。

史奈は、『お互いに素手で』喧嘩になったと目撃者が証言している部分に釘付けになった。目撃者の興奮が伝わる記事だ。

――〈狗〉だ。

ふたりで五人を相手にして、あっという間に素手で重傷を負わせるなんて、特殊な技術を身につけている人間に違いない。

「まさか、〈狗〉の長が亡くなったから――」

「どういうこと？」

史奈は十條から聞いた話を容子にも聞かせた。

一族と縁が薄いはずの十條まで、里に戻ると言っていた。森山疾風たちは、当然、里に戻るだろう。日曜の試合に出場するのは難しいと見て、こんな強硬手段に出たのだろうか。

彼らはハイパー・ウラマ運営事務局と通じていて、アテナ陸上チームと対戦し、これを倒せと指示されているらしい。

もし葬儀のために日曜の試合をキャンセルするなら、自動的に二回戦で不戦敗となり、契約は履行できない。

「〈狗〉は超わがままで自分勝手ってことね。ともあれこれで、週末のイベントがふたつ、なくなった。〈狗〉も〈梟〉も四強入り確定で、来週末はいよいよ対決ってわけだ」

史奈も頷く。〈狗〉の一族はどうやら、自分の思い通りにならなければ、暴力を使ってでも意思を通すと決めているらしい。

十條が消えたエントランスのドアを、史奈は再び見つめた。彼は本当に、無事に戻ってこられるのだろうか。

11

「いらっしゃいませ、こんにちは！」

入り口の自動ドアが開くと、フロントの女性が活気に満ちた声で挨拶してくれる。

「こんにちは。電話で体験コースを予約した方喰ですが」

「方喰様ですね！　こちらにお名前とご住所などご記入いただけますか」

長い髪を後ろでまとめた彼女は、歯切れよく言ってクリップボードを差し出した。

「パーソナルトレーナーは犀角さんを指名したんですが、大丈夫ですか」

「犀角はまだ前のお客様のトレーニング中ですので、終わり次第ご案内いたします。失礼ですが、犀角のことは何かでご覧になりましたか」

「こちらのホームページのトレーナーさん紹介を見たんです」

「そうでしたか。つい先日、ハイパー・ウラマに参戦していたので、犀角を指名される方が増えておりまして」

「それはますます楽しみですねえ」

適当に話を合わせながら用紙に必要事項を記入し、案内された更衣室でワイシャツとズボンから運動用の半袖Tシャツとスウェットパンツに着替えた。

東京二十三区内に、支店が十一か所ある会員制フィットネスクラブに来ている。ハイパー・ウラマでアテナ陸上チームと対戦したボディビルダーのひとりが、ここでパーソナルトレーナーをしているのだ。

ハイパー・ウラマの運営サイドにいる出水という男が、アテナ陸上チームを負傷させようと、裏で対戦相手に報酬まで提示していたと聞いた時には衝撃を受けた。どうやったのかは知らないが、榊史奈は犀角たちの会話を録音していて、それはもう、はっきり犯罪の証拠だった。怪しげな競技団体だとは思っていたが、まさかそこまでするとは思わなかった。

「方喰様、お待たせしました。ご指名ありがとうございます。トレーナーの犀角です」

フロアに出ると、よく日焼けしたギリシア彫刻のような若い男が、白い歯を見せてこちらに近づいてきた。なるほど、試合を見た時にもすごい体格だと思ったが、間近で見てもみごとだ。背も高い。

「パーソナルトレーニングの体験コースをご希望ですね。まずはこちらで、かんたんに方喰様のカルテを作成してみましょうか」

犀角はフロアの端にある、半個室のような小部屋に方喰を誘った。名前を呼びながら、彼がクリップボードをちらりと見直すのを方喰は観察していた。

「ひょっとして、お客様は――」

「先日、取材の依頼を差し上げた、スポーツ新聞の記者です。今日は単に、フィットネスクラブのパーソナルトレーニングを体験してみたくてね」

真っ赤な嘘だが、犀角は慎重な目つきで、再び白い歯を見せた。しばらく、方喰の健康状態やジムに通う目的などのやりとりが続いた後、軽いウェイトトレーニングを勧められた。犀角の指導のもと、ダンベルを使ったトレーニングを始める。

「何かスポーツされていますか。筋肉が柔らかいですね」

お世辞だとわかっていても、つい顔がほころぶ。

「いやあ、大学まではラグビーをやってたんですけどね。社会人になると、もうさっぱり時間がなくて」

「今は何もされていないんですか」

「私の仕事は身体が資本だから、鍛えないといけないんですがね。毎日多忙で走り回っているくらいで」

犀角が、今度はホッと心を許したような笑顔を見せた。体験コースの四十分間、取材の話はいっさいしなかった。もちろん、ハイパー・ウラマという言葉も一度も使わなかった。競技のことを知らなければ、犀角は指導者として優秀で、人にやる気を起こさせるのが上手だった。

「やっぱり、身体を動かすのは気持ちがいいですね。なんとか時間を捻出して通えるよう、考えてみます」

「はい、ぜひ入会にいらしてください。身体を動かし続けると、もっと気持ちよくなりますよ。筋肉がしっかりついてくると、鏡を見るのが楽しみになりますしね」

その言葉で、方喰は犀角の身体をあらためて見直した。他のスタッフがスウェットの上下を着ているのに、犀角がランニングシャツと短パン姿なのは、この鍛えあげた筋肉をあらわにするためだろう。若い男なら憧れるだろうし、こうなりたくてジムに通い始める者もいるかもしれない。

「それだけの筋肉を鍛えるには、どれだけ大変なトレーニングを積んだのだろうと思うとしみじみ感服しますよ」

「ありがとうございます」

犀角が照れくさそうに微笑する。

この男が参加していたのは、筋肉増強剤の使用を公言するボディビルダーのチームだ。彼自身もきっとステロイドを使用している。

だが、だからといって犀角を責めるつもりはない。ステロイドの力を借りたにせよ、この筋肉を作り上げた努力は本物に違いない。

「小・中学校は野球部で、高校・大学ではラグビーをやっていたせいか、私はスポーツ全般が大好きですし、心からアスリートを応援しています。だから、スポーツ新聞の記者になったのかもしれませんね」

方喰の口調に何かを感じ取ったのか、犀角はあいまいに頷き、何も言わなかった。

「よけいなことですが、犀角さん。あなたの情熱は本物だと思います。そのピュアな熱意を、悪意に満ちた連中のために汚さないでください。悪意は心を蝕みます。健全な精神は健全な肉体に宿ると言いますが、精神が蝕まれると肉体にも必ず影響があります」

「それは――」

困惑ぎみに眉をひそめた犀角は、そのまま口ごもった。

「ハイパー・ウラマの運営に関する、とんでもない話を聞いたんです。噂とかそういうレベルではありません。もしあなたが何かご存じでしたら、おかしなことに巻き込まれないうちに話を聞かせてください。取材源は私の記者生命にかけても秘匿しますよ」

名刺を犀角の手に握らせ、方喰は軽く頭を下げてシャワールームに向かった。

榊史奈から渡された音源にあった熊野と犀角の会話には、あえて触れなかった。触れなくても、自分の言葉から犀角はきっと何かを感じ取るだろうと思った。

——でも、もし犀角から何の反応もなかったら？

方喰は憮然として顎を掻いた。

その時は、自分が納得するまで何度でもアタックする。それだけのことだ。

＊

「新しい警備の人って——」

史奈が絶句するのを、カーヴァー監督は楽しげに眺めていた。諒一はにやにやしているし、容子は困った様子なので、おそらく彼らも知っていたのだ。

「黙っててごめん、史奈。警備スタッフが必要だと聞いて、自分から申し出たんだ」

真新しい警備員の制服に袖を通した篠田が、申し訳なさそうに制帽を抱えている。

三回戦、つまり準決勝が行われる日は、初日と同じように前夜アテナの工場で合流し、駒沢オリンピック公園までバンで向かった。現地で新しい警備スタッフが合流すると聞いていたが、まさか篠田だったとは。

「今まで黙ってて悪かったけど、榊さんが喜ぶかと思って。篠田さんはもともと警備会社に勤めていたそうだし、榊さんたちとも旧知だから、ルナの正体が知られて困るわけでもない。適任だと思わないか」

広報室長の郡山が、戸惑っている史奈を説得するように言う。

こんな時ふつうの女の子なら、恋人が自分のボディガードをしてくれると聞いて、喜ぶのだろうか。

たしかに、篠田以上の適任者はいない。史奈もそれは認める。ただ、自分はサプライズが苦手なだけだ。

「すみません。ちょっと驚いただけです」

「そうか、そうだよね。驚かせて悪かった」

郡山と篠田が安堵の表情を浮かべた。たしかに以前、篠田は警備会社に勤めていたが、そう言えば警備員の制服を着た姿は初めて見る。

「さあ、ちゃっちゃとルナのメイクをやっちゃいましょうよ。いよいよ準決勝だし、前にも増してきれいにしなくちゃ」

合流した遥が、メイクセットを鏡の前に広げて腕を撫している。彼女は史奈が出場するたび、ルナに変身するためのメイクを施してくれるのだ。

「あれからハイパー・ウラマのＣＭの契約はどうなったの？」

「あれは事務所が断った。だって怪我人や事故が続出してるでしょ。危険なイメージがあるので、改善されるまでは見送りたいと言ったみたい」

「事務所の人、やるじゃない」

「でしょ。メイクに集中するつもりだったのに、先週の試合がなくなって、ほんとにがっかりだったよ」

「ごめんね、遥。忙しいのに振り回して」

「ううん。毎週、メイクしたかっただけ！　来週も楽しみにしてるから、絶対に勝ってね」

遥が下地クリームを史奈の顔に伸ばし始める。遥の指先が魔法のように動いてファンデーションを伸ばし、その上に蝶の絵を描いていくのを見つめながら、史奈はぼんやり考えている。

この一週間、進展らしきものはなかった。アシヤは日本を離れ、まだ再来日していないし、堂森明乃が調べている奥殿大地も、あれから特に尻尾をつかませるようなことはしていないようだ。

馬淵ベーカリー放火事件の捜査も新たな展開はなく、史奈を狙った吹き矢についても警察からは何の連絡もない。

史奈たちの身辺も静かなものだった。

長栖兄妹は、先週〈狗〉の試合も中止になったとわかると、すぐ長野の合宿所に戻っていったし、史奈はふだん通りの学生生活だ。講義とアルバイトに明け暮れ、空いた時間はひとり鍛錬する。皇居の周囲を走ってみたいが、市民ランナーたちとスピードが違いすぎるため、ひとり山手線（やまのて）に沿って走ってみたり、電車に乗って奥多摩（おくたま）に足を伸ばし、山の中を走ってみたり。

その合間に、ハイパー・ウラマで使うゴムのボールと似たものを入手し、扱いに慣れるためにドリブルをしたり、足を痛めずに蹴る方法を考えたりしていた。

そう言えば、渋谷で起きた乱闘事件もその後の動きはない。被害者がハイパー・ウラマに出場していたとわかると、全国紙はいっせいに沈黙した。代わりに、夕刊紙や週刊誌、ネットニュースは勢いづいてあることないこと書きまくった。

ただ、彼らの意見も最後は一致していて、もし被害者らがハイパー・ウラマで〈狗〉――チーム・ワイルドドッグと対戦していたとしても、ぼろ負けしていただろうというのだ。若者どうし、五対二のストリートファイトで負けたのに、三対三で勝てるわけがない。

その見方には一理ある。

ただ、記者たちもまさか対戦相手が加害者ではないかとは疑わなかったようで、二回戦がキャンセルされたことについて、〈狗〉たちのコメントを取っていた。

『一回戦はあまりに手ごたえがなく、二回戦を楽しみにしていたのに残念だ。次が準決勝？　次の相手は軽業師みたいなものだろう。決勝戦まで、俺たちに敵はいないよ』

容子は鼻で笑っただけだったが、諒一は憤然としていた。

「今日の対戦相手――チーム・ワイルドドッグは、もう会場入りしたんでしょうか」

「うん、会場にいると思う。少なくとも今日の試合をキャンセルするという話は聞いていないね。今日は、準決勝の二試合があるだろう。われわれの試合は午前だけど、午後はいよいよ海外のシードチームが出るよ」

〈狗〉に勝てば、次はその勝者と来週、決勝戦になる。

――〈狗〉が来る。

今回のハイパー・ウラマで、〈梟〉が注意しなければならない相手がいるとすれば、それは間違いなく〈狗〉だ。新宿で尾行された時も、中目黒で十條を守って対決した時も、負けるとは思わなかったが、相手の並々ならぬ力量を感じた。

「さあ、これでどう？」

鏡の中で、遥がにんまりと笑う。隣に並ぶ自分の顔は、自分だとは思えないくらい艶やかだった。唇と目のふちを彩る淡い紅色が、煽情的で少々ひるむ。まるで仮面のような蝶の意匠は、前回より一段と複雑で繊細になっている。

「素敵ね」

いつの間にか容子が後ろに立ち、しげしげと鏡を覗き込んでいた。

「遥、前回よりまたメイクの腕が上がってない？」

「メイクアップアーティストと話す機会もあるから、いろいろ勉強してるんだ。史ちゃんの肌は化粧ののりが抜群にいいから、私も気持ちよくメイクできちゃった」

「ありがとう――。ふだんは化粧しないから、なんだか自分の顔じゃないみたいな、不思議な感じ」

「史ちゃんを知ってる人でも史ちゃんだとわからないくらい、雰囲気を変えてるからね」

遥がVサインを鏡越しに送った。たしかに、それが今回のメイクの目的ではある。

若干の居心地悪さを感じながら立ち上がり振り向くと、篠田と視線が合った。一瞬、ハッと息を吞んだ篠田が、うっかり「きれいだ」と呟き、むしろ周囲の監督や郡山が赤面して横を向く始末だった。

「ばっちり鎧もできたことだし、そろそろ行こうぜ、会場に」

諒一が何食わぬ顔でスツールから滑り降りる。諒一の表現は正しかった。このメイクには、「鎧」という言葉がいかにもふさわしい。己を消し、榊史奈という個性を隠して、戦場に向かうための鎧だ。

「うん。行こう」

史奈が頷くと篠田の顔つきが変わり、真っ先にドアを開け、廊下の安全を確認して外に出た。

外に出たとたん、スタンドのざわめきが伝わってくる。二万人ほど収容できるスタンド席のチケットが、ニュースによれば今日はほぼ完売だそうだ。できたばかりの競技とは思えない人気だが、そもそもハイパー・ウラマは大会が始まる前からネット広報の勢いがすさまじかった。客席を埋めているのは、ほとんどが若者だ。

「初日のチケットは売れずに配ったようだったけど。怪我人続出だし、参加者が場外で乱闘して出場できなくなるし、イメージとしては最悪なのに、逆に宣伝効果はあったわけね」

容子が冷静に分析する。

「スポーツベットのオッズは、〈狗〉のひとり勝ちみたいだったけどな」

諒一が不敵に笑っている。

ゲートの前で、待機していた運営スタッフが近づいてきた。ヘッドセットをつけた若い女性だ。無線でスタッフ同士、連絡しているらしい。

「まもなく入場のアナウンスが始まりますので、少々お待ちくださいね」

にこやかに語りかけた彼女の背後から、にぎやかな場内アナウンスが響いてくる。

『第一回ハイパー・ウラマ世界大会予選の準決勝となります今日、駒沢オリンピック公園陸上競技場の客席は、満席となっています。本日午前の試合は、アテナ陸上チーム対チーム・ワイルドドッグ、あと十五分ほどでプレー開始となります！』

先々週もこのアナウンサーだった。郡山と篠田は競技場には出ないので、この場で周辺の安全に目を配っている。

『ただいまCゲートから、アテナ陸上チームが入場します！　一回戦では、ひとまわり、ふたまわりも体格の違うボディビルダーのチーム・ユーザーを相手に、一歩も引かない戦いぶりを見せました。フットワークの軽さが身上です。チーム三名のうちふたりが女性という、本大会でただひとつ女性の参加者が含まれるチームです』

アテナ陸上チームの入場がアナウンスされると、場内が大きくどよめいた。

「入場します。こちらへどうぞ」

スタッフの案内に従い、監督を先頭に歩きだす。ちらりと篠田に目をやると、彼も史奈を見ていて、小さく、だが力強く頷いてくれた。声を出さず唇が「がんばれ」と動くのに、史奈もわずかに頷いた。

そのまま進もうとして、ふと気が変わり、引き返して篠田に近づいた。

「篠田さん、お願いがあります。客席、おそらく特別席に、出水が来ているはずです。彼の様子を探ってもらえませんか」

「わかった。任せてくれ」

事情を知っているだけに、話が早い。篠田があっさり頷く。

待機用のサークルに向かう間、客席の視線が自分たちに熱く注がれるのを感じた。好意的なものかどうかはわからない。時おり、「ルナ」「容子ちゃん」といった声援が混じる。参加者のなかで若い女性はふたりだけなので、アイドルのように扱われているのかもしれない。

容子が無表情を装いつつ、むっとしている。

ただひとり、何も気にせず全方位に向かって、満面の笑みとともに陽気に手を振っているのは諒一だ。

「おー、がんばってくるからー！　応援よろしくー！」

こんな時、諒一の性格がうらやましくなる。底抜けに明るく人好きのする彼の性格には、無条件に人を引きつけるところがある。

待機サークルで監督が皆を集めた。

「いいですか、皆さん。ここまで来たら私にできることは何もありません。皆さんの力を信じています。ただし、皆さんの本来のフィールドはここではありません。ハイパー・ウラマはあくまで通過点であり、寄り道です。くれぐれも、大きな怪我のないように気をつけてください。私は皆さんのアスリートとしての将来に期待をかけています」

「だーいじょうぶだよ、監督！　俺ら、そのへんはうまくやるからさあ！」

諒一の軽い返事は、監督にとって安心材料にはならなかっただろう。今になってこんなことをわざわざ言うとは、詳しい事情を知らないカーヴァー監督にも、〈狗〉たちのただならぬ能力が感じ取れたのかもしれない。

『さあ、そしてAゲート！　開始時刻ぎりぎりに姿を現すのは、チーム・ワイルドドッグです！　一回戦では、競泳の品川選手率いるチーム河童を相手にスライディングタックルをしかけ、開始後たった五分で試合を終了させました。品川選手は右足首複雑骨折の重傷を負い、その後、競泳選手としての引退を発表しています』

史奈たちは、場内のどよめきにつられてAゲートに目をやった。

――森山疾風だ。

先導のスタッフすら自然な足取りで追い抜いて、まさに飢えた野犬のように、ふらりと三人の〈狗〉が競技場に乗り込んでくる。黒いTシャツの胸に「狗」と白抜きで印刷してあるのが、印象的だ。

『出ました、チーム・ワイルドドッグ。もう、入場から悪役(ヒール)の貫禄(かんろく)充分ですね』

『そうですね。まだ試合を五分しかこなしていないにもかかわらず、彼らにはダーティなイメージがつきまとうようになりましたね』

アナウンサーと解説者のかけあいが、会場にも響いている。

『二チームとも、先週行われるはずだった二回戦は中止になりましたしね。アテナ陸上の対戦相手は、一回戦で品川選手が大怪我を負ったことを例に挙げ、危険すぎるとして参加をとりやめました』

『ワイルドドッグの対戦相手は、ハイパー・ウラマとは無関係な喧嘩で重傷を負って、競技に参加できなくなりましたしね。まだ生まれたばかりの競技だから、競技者の意識も低いのかもしれませんが、アクシデントが続きますね』

『こんな言い方はどうかと思いますが、アテナ陸上には女性がふたりいますから、体力勝負になると不利かもしれません。ワイルドドッグが前回と同様のダーティな戦い方をするなら、勝敗はともかくとしてアテナ側に同情票が集まりそうですね』

『まあ、下馬評ではワイルドドッグ勝利と見る向きが多いようですが――』

「よお」

自分たちの待機サークルでおとなしく待つはずもなく、森山が自由な野良犬よろしく風に吹かれるままこちらに向かってくる。監督が慌てて、森山と選手三人の間に入って盾になろうとしたが、諒一が止めた。

「大丈夫だってば、カントク」

「久しぶりだな、〈梟〉の。元気だったか」

森山はのんびりした調子で言い、諒一の存在を無視して顔を横に突き出し、容子と史奈を見て目を細めた。尻尾があったらぶんぶん振っていただろう。

「長のこと、話は聞いた。お悔やみを申し上げる」

史奈が代表して告げると、「へへっ」と何やら照れたように森山は鼻の頭を指でこすった。

「ありがとな。まあ、試合には関係ないけど」

「あんた、そんな大事な時に、こんなところにいていいの」

容子が容赦のない嫌味を言う。事情を知らないカーヴァー監督が目を白黒させている。

「ええんや。もう葬儀はすんだ」

「それにしては、十條さんが東京に戻ってないようだけど」

おどけた森山の目に、一瞬、黄色い閃光が走った。わずかな緊張の間を、再びへらへらと笑った森山が解く。

「あんたら、えらい仲良うなったんやなあ、十條と。まあ、ええわ。楽しくやろうな、せっかくの試合やし。せやけど、手加減はせえへんで。ま、あんたらのことやから、そんなもんいらんて言うやろけど」

「待って。先々週、私に吹き矢を放ったのは、あなたの仲間？」

「吹き矢？」

森山の目が尖った。

「さあて。知らんなあ、そいつは――。じゃあな」

手を振って、森山がだらだらと仲間のもとに向かう。あとのふたりは、いつか史奈を尾行した黄色い髪の男と、新顔のずんぐりとした体形の男だった。

──正直に本当のことを言うはずもないか。

『チーム・ワイルドドッグのリーダー、森山疾風が、アテナ陸上チームと何やら会話していた様子です。いま、自分のチームに戻りましたが──何を話していたんでしょうね？』

『さあ。試合前の会話については、ルールブックにも制約はありません』

冷ややかな解説者はどうも、ワイルドドッグにあまり良い印象を持っていないようだ。

フィールドのセンターラインに立つ審判が、集まれと言いたげに手を振った。

「さあ、行こう！」

監督が駆けだし、諒一が右手の親指を空に向けて立てながら後に続く。〈狗〉の三人は、だれた様子で歩いている。森山以外のふたりが、こちらを見て嫌な目つきで忍び笑っているのが気になった。

「皆さん二回目ですから、ルールについてはもう確認の必要はありませんね？」

審判が試合前の注意事項など告知する間も、〈狗〉たちはずっと不真面目な態度でにやついていた。

「では、試合を開始して問題ありませんか？」

「問題ありません」

「ねえよ」

審判の合図で、フィールド脇の黄金色の鐘が鳴り響いた。いよいよ、準決勝が始まる。

12

コイントスは、今日も諒一が出て、やっぱり負けた。くじ運の悪い男だ。アテナ陸上チームのキックオフで開始だった。

「俺が蹴る」

諒一が決然とセンターサークルに立ち、五十メートルほど向こうの自チームのゴールを見つめる。そのままシュートを決めそうな熱っぽい目つきだったが、笛の音とともに諒一が蹴ったボールは、ほんの二メートルほど先まで転がっただけだった。

すかさず容子が駆けこんで、ボールを拾おうと足を伸ばす。

そこに、黄色い髪の男が体当たりでもしかねない勢いで突っ込んできた。史奈は思わずあっと声が出そうになった。容子は男の鋭いスライディングをかろうじて避けたものの、ボールを拾い損ねて黄色い髪の男がさっと自分のものにしてしまった。容子の大きな舌打ちが聞こえてきそうだった。

——あいつら、狙ってる。

一回戦で対戦した熊野たちは、出水に「アテナ陸上の選手を故障させれば、報酬を出す」と言われたようだ。〈狗〉も同じオファーを受けているかもしれない。

ボールをドリブルして走る男を追いながら、ちらりと容子と視線を交わす。諒一もがむしゃらに黄色い髪の男を追っている。

サッカーならゴールの前にキーパーを置いて守ることができるが、三対三のハイパー・ウラマは、全員が攻撃側に回らないと試合が進まない。だから今、〈狗〉を含めて六人みんながゴールに走っている。

『開始早々、またしてもチーム・ワイルドドッグ、ラフプレー炸裂ですね！』

アナウンサーが早くも興奮した様子で解説者に話しかける。

『たしかにラフプレーですが、これもハイパー・ウラマのルールでは問題ないんですよ。しかし長栖容子は、よく避けましたね、今の攻撃。まともに受けていれば、足首を粉砕されたかもしれません』

『さすがです。アテナ陸上チーム、リーダーの長栖諒一と長栖容子の兄妹に加えて、正体不明のルナと名乗る女性の三人で構成されています。対するチーム・ワイルドドッグは、リーダー・森山、いまボールを運んでいる杉尾、三人目の丸居です。アテナ陸上は陸上選手だけあって足が速いうえに身が軽い印象がありますが、ワイルドドッグの三人も足が速いですね』

――黄色い髪の男は杉尾というのか。

本名かどうかわからないが、史奈はその名前を胸に刻んだ。〈狗〉とは、また別のフィールドで勝負する時が来るかもしれない。

ゴール前のシュートエリアまで、ドリブルでボールを運ぼうとする杉尾に、諒一がしつこく食い下がって邪魔をする。足の間を狙って、ボールを蹴り出そうとしているのだ。杉尾は苛立ちを隠さず、鼻の上に皺を寄せて不機嫌そうに威嚇しているが、諒一は意に介さない。

ボールを持つ杉尾は、どうしてもスピードが落ちる。史奈は先回りしようと杉尾を追い越しかけた。

左の背後に殺気を感じ飛び退くと、丸居の巨体が史奈の足を狙ってスライディングしてくるところだった。ジャンプしていなければ、史奈の足を直撃していただろう。丸居は逃げられたと悟り、その勢いのまま史奈の右前に滑って行きながら、嫌な目つきで笑っている。

『これはまたラフプレー！　チーム・ワイルドドッグの丸居、ボールを持たないルナを狙いましたが、あわやというところでルナが避けました。よく避けましたね、彼女も身のこなしが軽い！　目が後ろについているかのようです。ボールテイカー以外への攻撃も、現状許されている――わけですね』

『ルールブックには言及がないんですがね。ただ、サッカーやバスケットボールで、ボールを持たない選手に今みたいな攻撃をすれば、反則でしょう。ただの暴力行為ですから。さすがに、この点はルールブックの不備だと思いますね』

『今後、見直しがあるかもしれないということですね』

なるほど、球技に明るくない史奈にはよく事情がわからないが、ボールを持たない選手を攻撃するのは、一般的には反則なのだ。だが、たとえそれがルールブックの不備だったとしても、この大会では正されないに違いない。とにかく、アテナ陸上チームを決勝に送るつもりはないからだ。

「悪いな、お嬢ちゃんだからって遠慮しないぞ。俺たちゃ悪役上等でね。それが嫌ならさっさと帰って寝てな」

史奈が冷たい目で見返すと、丸居が唇の端を上げて、下品な笑みを浮かべた。

諒一はまだ、杉尾からボールを奪えない。杉尾もシュートエリアに飛び込めない。膠着状態だ。センターラインからゴールまでたったの五十メートルほどしかないのに、その五十メートルが長い。諒一が本気でダッシュすれば十秒を切るだろうに、杉尾のボールを奪えないから本気で走れない。容子が近づいて諒一を援護しようと試みているが、森山が立ちふさがって邪魔をする。

『これは、三対三という少人数の対戦だからでしょうか。動きがありません。三人ともぴったり相手にマークされていて、誰ひとり身動きが取れない状態です』

『うーん、正直、球技としては若干、面白味に欠ける展開ですが、なんとかここを抜け出してほしいところですね』

——勝手なことを言っている。

史奈は苦笑いを隠し、丸居に向き直る。さっきから何かと突っかかってくる男だ。軽いジャブを打ってみる。

「丸居さんはこの競技、どうして参加したんですか」

丸居と互いにフェイントをかけつつ、抜かせまいと睨みあうさなか、声をかけた。こちらが会話を始めるとは思わなかったのか、丸居は虚を突かれたような表情を浮かべた。

「うるせえ」

「いいじゃないですか。誰かに誘われました？　それとも誰かに頼まれました？」

「うるせえんだよ」

丸居は苛立ち始めている。これは面白い。苛立つのは、都合の悪い質問だからだ。

「出水っておじさん、知ってますか？　あ、おじいさんかな」

「知らねえよ！」

「私たちを再起不能にしたら、ひとり百万円やるって言われませんでした？」

ほんの一瞬だが、丸居の目に衝撃と後ろめたさが走った。

——やっぱり。

出水は熊野たちと同じように〈狗〉と取引している。間違いない。

「うるせえって！　試合に集中しろ！」

「やっぱりそうなんだ。あのおじいさん、私たちの対戦相手みんなに同じことを言ってるみたいですね」

丸居の狼狽は明らかだった。彼が出水の申し出を知らないとは思えない。そのやりとりがあったことを、史奈が見抜いているのでうろたえているのだ。

「いいかげんなことを言うな、こいつ！」

「いいかげんなことでしょうか。出場も報酬のために引き受けたんですか？〈狗〉はそれでいいんですか？　ちゃんと納得しています？　そんな依頼があったとバレたら、みんな警察に捕まるんじゃないですか？」

「そんな依頼なんか受けてない！」

「〈狗〉は警察も怖くないんですか？　そもそも先祖代々、後ろ暗いお仕事を引き受けてこられたようですね。そうだ、一回戦で品川選手に大怪我させたのも、依頼されていたんですか？」

「アホぬかせ！」

太ももに丸居の蹴りが飛んでくるが、史奈はバク転で逃げた。

「嫌ですね、図星だからって怒らないでくださいよ。あのね、出水は卑怯だから、あなたたちが警察に捕まっても自分だけは逃げようとしますよ。わかってます？　最後にもうひとつ聞きますけど、出水があなたがたに対価を払って暴力的な試合運びを持ち掛けたってこと、証拠があるとしたらどうしますか？」

丸居は顔を朱に染めて、両手を大きく広げ、まるで史奈を捕まえようとするような姿勢のままじりじりと近づいてくる。

「腰から上に触れたら反則ですよ」

史奈の言葉にも、丸居は態度を変えない。

突然、スタンドがどよめいた。

ハッと振り返ると、諒一がやっと杉尾からボールを奪い、反対側のゴールに向かって猛然と走りだそうとしていた。

こうしてはいられない。

立場が逆転し、今度は杉尾が諒一の疾走を食い止めようとしている。走りながら何度も横から蹴りを入れ、諒一がかわすたびボールを奪い取ろうと試みる。杉尾は明らかに諒一の足を潰そうとしていて、先ほどの諒一の攻撃がまるで子どものいたずらみたいに可愛らしく思えてきた。

だが、諒一はそのつど、器用にボールを太ももに載せたり首と肩で挟んだりして、杉尾の攻撃をかわしつつ、うまくボールを持ち続けている。ボールがあるので速くは走れないが、これは期待が持てそうだ。

『これは壮観です、長栖諒一のスピードがとてつもないのはわかりますが、ワイルドドッグの三人も負けてないですね！』

『まあ、諒一は長距離専門ですからね。なにしろウルトラマラソンの選手でしょう。驚くのは、ワイルドドッグの選手のスピードだけではありませんよ。ルナもぴったり彼らについて走っています』

『女性のスピードとしては、驚きですね。正体不明のルナですが、身体能力の高さから、将来アテナ陸上に入る予定の高校生選手ではないかとか、あるいは体型から見て新体操の選手ではないかという憶測も飛んでいます』

史奈は軽く舌打ちした。人が顔に絵を描いてまで隠そうとしている身元を、わざわざ暴く必要などどこにあるのだろう。

「あっ！」

アナウンスに気を取られたせいか、丸居が突然、史奈のそばに倒れこんで足にしがみついたのを避けきれなかった。もろとも芝生に倒れこんだが、史奈はうまく受け身を取って猫のように転がり、起き上がった。

ようやく離れた丸居が顔を歪め、押し殺した声で笑っている。してやったりと言わんばかりだ。腹を立ててはいけない。感情的になったら、奴らの思うつぼだ。

『おーっと、ワイルドドッグの丸居、ルナの足にしがみついて引き倒した！　ルナは無事に立ち上がったようですが、これはアウトでしょうか、それとも？』

『これは驚きますね。ただ、ルールブックとしては、ボールに手で触れてはいけないとありますが、相手の腰から下に手で触れてはいけないとは書いていないんですね――』

『現在のルールだと、こういった攻撃も許されるということですか』

『そうですね。ほら、審判が反則を取らなかったでしょう。正直、こういうのもありなら何でもありになってしまいますから、やめてほしいですけどね』

解説者の言う通りで、審判はちらりとこちらを見ただけで、敵陣ゴールを目指す諒一と、それを追う杉尾について走っていった。諒一たちの動きが速すぎて、審判も必死だ。

『さて、今のルナと丸居の接触について、審判の笛は鳴りません。ゴール目指して走っている諒一と、彼を追う杉尾に集中しているように見えますね』

『準決勝前半も残りわずかですからね。両チームとも、ここで一点取っておきたいところでしょう』

『おっと、試合は続行していますが、アテナ陸上のカーヴァー監督が、フィールド脇から審判に抗議しているようです』

『主審が諒一と杉尾を追いかけているので、副審に抗議しているんですね』

『いま入った情報によると、先ほどのルナに対するアタックが、危険すぎるとして抗議しているようです』

『もちろん、アテナ陸上としては見過ごせないでしょう』

『残り時間は五分を切りました。しかし、先ほどのルナに対する攻撃のように、手を使って足を引っ張ってもいいことになると、シュートエリアが厄介ですね。足をつかまれたままでシュートなんか成功させられます？』

アナウンサーと解説者は、苦笑しているようだ。

史奈はすでに駆けだしている。諒一が自分でシュートを打てればいいが、杉尾がぴったり追随しているので難しそうだ。容子はとうにシュートエリアに向かって走っている。あとは史奈が〈狗〉たちを食い止め、諒一か容子がシュートを打つ機会を作れたら問題はない。

――シュートさえ打てれば、あのふたりならきっと、決めてくれる。

そのためには、杉尾をどうにかしなくては。

「マル！　そいつ止めろ！」

史奈の猛ダッシュを察知したらしく、森山が叫んでいる。森山自身は、容子にボールが渡らないよう、彼女と諒一の間に立ちパスを防いでいる。諒一は杉尾に邪魔されている。どうにかしのいでパスが出せる状態になったと思えば、今度は森山が邪魔をするという具合で、思うに任せぬままシュートエリアに走っていく。

いる。

着地は乱れない。

「そうかんたんに止められる奴か？」

丸居がぼやきながら走り、大きな体を活かして史奈の前に立ちふさがろうとしている。とっさに二度の側転で勢いをつけ、思いきり高く飛んで前方へ二回宙返りすると、はるか下にぽかんと口を開けてこちらを見上げている丸居の顔があった。着地は乱れない。

スタンド席は騒然となり、競技場がどよめきで揺れた。

『これは――――！　ルナが舞った！　高さが驚異的です！　丸居とルナが正面衝突かと思った瞬間、アテナ陸上のルナ、軽々と宙返りで丸居を飛び越しました！』

『これ、体操の技ですね。名前は知らないけど、そうとう高難度の技でしょう。驚きました』

『ルナは体操選手なんでしょうか。いやしかし、ボールを持ってない選手がとてつもない大技を繰り出すのが、このハイパー・ウラマの面白味なのかもしれませんね』

あっけにとられた丸居が体勢を整える前に、史奈は杉尾に向かって走っている。

たしかに、解説者の推測は当たっていた。史奈はこの技を、里にいたころ、オリンピックの男子体操選手がやっているのを見て鍛錬に取り入れたのだ。体操では解説者がこの技を「ルドルフ」と呼んでいたが、史奈はそれをアレンジして、戦闘術として磨きをかけたのだった。忍びの技にひねりは必要ないが、踏切と着地時の身体の向きが同じであることは大事だし、ジャンプの高さは必須だ。

――役に立った。

「諒一！」

杉尾と森山は、諒一から容子にボールが渡ると見て防いでいる。彼らの目をこちらに引き付けなくては。

諒一がこちらに気づいた。まだボールをパスしない。走りながら、こちらとの間合いを測っている。容子はどんどんシュートエリアに近づいていく。杉尾は舌打ちすると、諒一と史奈の間に走り込んでくる。

諒一がくるりとこちらに向き直った。杉尾が腰を落として構え、顔を歪めた森山もこちらに駆けだそうとする。

――その隙に。

諒一が、ボールを後ろ向きに蹴り出した。

『あ――――っと！　長栖諒一、長栖容子にパスを出した！』

まったく容子を見ずに出したパスは、正確に彼女の進行方向に転がった。容子がスムーズにシュートエリアに駆け込んでボールをつかみ、身体を起こしながらジャンプシュートを打とうとした瞬間――審判の笛が鳴った。

『前半、終了――！』

容子の手を離れたボールは、笛の音が競技場に反響するなかで、みごとにゴールの輪っかをくぐり抜けた。

シュートを無駄にした容子が、着地と同時に目をきらりと光らせるのがわかる。

前半終了と同時に、両チームが自分たちの待機エリアに戻っていく。史奈が〈狗〉たちを見やると、丸居と杉尾が陰険な目つきでこちらを睨んでいた。ここまで両者、無得点だ。彼らのことだから、とっくに〈狗〉が得点するか、誰かに大怪我でも負わせて試合を終了させているつもりだったのだろう。

「あー、かったりぃな。このまま最後まで試合しなきゃいけないのか？」

森山のぼやきも聞こえてくる。

「お疲れ。よく頑張ったね」

待機エリアで、カーヴァー監督が手をたたきながら迎えてくれた。真剣な表情で、こちらを気遣う視線を感じる。

「どこも怪我はないね？　足は疲れてない？」

カロリー補給用のチョコレートなども用意されているが、史奈は水を少し飲んだだけだった。ひと晩、飲まず食わずで山中を走ったこともあるくらいで、このくらいでは疲れたりしない。

渇きを癒しながら、スタンドの客席を見渡した。この場所からすべてを見通せるわけではないが、それでも特別席は視界に入っている。前回はアシヤの大きな体が目立って

いたが、今日、彼の姿は見えない。いったん日本を離れ、海外の試合を視察していると
いうのは本当らしい。
出水を見つけるのはかんたんだった。この会場に、和服に袴姿の老人など、そうそう
いない。となれば、その隣に腰を下ろす細身のスーツ姿は、奥殿に違いない。
——あのふたり、何を話しているんだろう。
どうせ悪いたくらみに違いない。そう思っているうちに、出水が立ち上がり、杖をつ
きつつ急ぎ足でどこかに消えた。
一回戦でも、出水は休憩時間中に特別席を離れていた。前半でアテナ陸上の三人が侮
りがたいと気づいて、対戦相手に新たな指示を出したのだと史奈は考えている。
——ということは、今回も？
出水は〈狗〉に指示を出すのだろうか。
史奈はワイルドドッグの待機エリアをさりげなく見つめた。三人——いない。ふたり
しかいない。
「森山はどこに行ったの？」
史奈の呟きを聞きつけ、容子が目をすがめた。
「トイレかな。休憩時間でもふつうはグラウンドを出ないけど、審判に断って許可を得
れば、トイレは行けるはず」

「——なるほどね」

史奈は頷いた。森山はトイレに行くふりをして、出水と会っている。そこで新たな指示を受けるつもりだ。

休憩時間は残り三分もない。気づくのが遅れ、悔やまれる。森山と出水の面会の現場を押さえることができれば、証拠になったかもしれないのに。

「監督さあ、さっき審判に何か言ってた？」

諒一が、チョコレートを子どものようにほおばりながら尋ねる。手にはスマートフォンを握り、高速で何かを打ち込んだり、検索したりしているようだ。どうせ、ハイパー・ウラマでの自分の評判でも気にしているに違いない。

「ボールテイカーでない選手にスライディングやタックルで攻撃するのは危険すぎると抗議していたんだ。タイムを要求したが、彼らは次の得点が入るまでタイムは取れないと聞き入れなかった」

「そんなの無駄だよ。あいつら、俺たちを潰すのに夢中なんだからさ」

監督がギョッとするようなことを口にして、諒一は無邪気な笑顔で水を飲み干した。

「さっき丸居に尋ねたら、出水はどうやらワイルドドッグにも、報酬を出すから私たちを再起不能にしろと言ったみたい。まともに答えなかったけど、表情でわかった」

「やっぱりな。出水が諸悪の根源かな」

「出水だけじゃないと思うけど、まずはあの男を何とかしないとね」

「ちょっと待ちなさい。いったい、何の話をしているんですか」

監督が青ざめて話に割って入る。彼は、〈梟〉と〈狗〉の関係や、出水の依頼について何も知らないのだ。驚くのも無理はないが、いま説明している時間はない。

「監督、試合が終わったら説明します。とりあえず勝ちましょう。容子ちゃん、何か作戦はある？」

「えーっ、どうして俺に聞かないで容子に聞くんだよ」

「諒一は作戦あるの？」

にやっと笑った諒一が腕組みして頷く。

「俺たち、合宿所でずっと作戦を考えてたんだ。二回戦がキャンセルされて、時間はたっぷりあったからな。任せろ！」

容子がため息をついた。

「まあ、そうなんだけどね。うまくいくかどうかは諒一次第なので——」

センターラインに立つ審判が、笛を吹いた。

休憩時間が終了し、後半に突入だ。森山の姿はと探すと、ゲートからまっすぐセンターラインに向かっている。特別席に出水の姿はまだない。

「さあて、行くか！」

諒一がスマートフォンを置き、伸びをしてセンターラインに駆けていく。史奈も後を追いながら、容子と並んで短く会話した。

「容子ちゃん、『作戦』がうまくいく確率はどのくらい？」

「うーん。二割ってところかなあ……」

珍しく容子は弱気だ。

「諒一って才能にムラがあるんだよね」

才能にムラがあるという言い方は初めて聞いたが、たしかに諒一らしいし想像できる気がする。

センターラインに選手六名が集まる。後半のキックオフはワイルドドッグだ。試合開始の笛と同時に、森山がボールに近づく。

センターラインに立つ森山が薄く笑ったように見え、嫌な予感がした。森山の視線は、キックと同時にボールを取りに行こうと身構えている諒一のほうを向いている。

『チーム・ワイルドドッグ対アテナ陸上チーム、準決勝の後半戦です。後半はワイルドドッグの森山のキックから始まります』

森山が大きく足を引いた。

『蹴った――――！』

森山は明らかに重いボールに慣れていた。ボールは凄まじい勢いで飛び出したが、方向が予想外だった。ボールを取ろうと前傾姿勢になった諒一の顔にまっしぐらに向かう。ギョッとした諒一は半身になって避けたものの、そのまま仰向けに倒れた。

審判の笛が鳴る。主審が試合の中断をコールし、史奈と容子は諒一に駆け寄った。

「諒一！　大丈夫？」

芝に倒れた諒一が、顔をしかめて顎をさすりながら起き直る。顎が真っ赤に腫れている。ボールがかすめたらしい。

「くっほー」

「君、大丈夫か？　目は回らないか」

脳震盪を心配したのか、審判が諒一に質問したが、諒一は審判も驚くほど身軽に立ち上がった。

「顎、痛い。歯もがくがくしてる。だけど、それだけっす」

敏捷な諒一のことだから、不意を突かれたとはいえ、深刻なダメージは受けないよう衝撃を回避したはずだ。

「まったく――」

容子が呟きながら、森山たち〈狗〉の面々を睨んだ。丸居と杉尾がニヤニヤしているが、森山は笑っていない。むしろ、気味が悪いくらい真面目な顔で、こちらを見ている。

〈狗〉は、前半戦よりさらに直接的な攻撃に出た。休憩中に出水の指示があったのは間違いない。アテナ陸上が予想以上に強いチームだと、今さらながらに彼らも思い知ったのだ。

「再開できるか?」

主審が尋ねる。

「もちろん」

諒一は答えながら、森山を見ている。

「ちょっと、全員センターラインに集まってください」

主審が森山たちに手を振り、六人全員を集めた。〈狗〉の三人が、明らかに気が進まない態度で近づいてくる。主審が〈狗〉の三人を見回した。

「ひとこと言っておきます。この競技は、できたばかりでルールが未完成だ。主なルールと言えば、シュートエリア以外では手を使ってボールを運んではいけない、腰から上への接触や攻撃は許されない、このふたつだけです。ワイルドドッグの森山君、今のボールキックは攻撃ですか」

森山が頭(かぶり)を振り、乱れた髪を手で梳(す)いた。

「いいえ、審判。前に蹴るはずが、明後日(あさって)の方向に飛んだんですよ。俺、へたくそなもんで」

当然、森山はそう言う。攻撃だと言えば、反則になって三回で退場の恐れもある。

「――わかりました。では、今回はキックのミスとして認めます。しかし、次からは注意深く蹴ってください。二回めは反則を取りますよ。このボールが頭に当たると、打ち所が悪ければ死にますからね」

主審の厳しい言葉に、史奈は思わず彼の顔を見直した。容子も同じく驚いたようで、主審を見ている。審判もハイパー・ウラマの運営事務局に雇われているのだから、向こうの味方だとばかり思っていた。

「――わかりましたよ。次から気をつけます」

へいへいと言いながら、森山がキックのやり直しに向かう。自分を見つめる容子と史奈に気づいたのか、主審がこちらに首を回した。

「目の前で人殺しが起きる恐れがあるのに、黙っていたりしませんよ」

「――それを伺って安心しました」

容子がクールに応じ、森山のボールを取りに向かった。

13

『いきなりのキックミスで、ボールがアテナ陸上の長栖諒一を襲うというアクシデントから始まった準決勝後半戦。幸い、諒一に大きな怪我はありませんでした』

『一瞬ひやっとしましたね。頭に当たりそうでしたから。よく避けました』

『ゲーム再開後は、ワイルドドッグのラフプレーも若干、落ち着いていますね』

『再開前に、主審が選手を集めて何か話していましたからね。注意があったのかもしれません。さすがにあれは、単なるラフプレーではすみませんよ』

たしかにゲームを再開した後は、〈狗〉もおおっぴらには手を出しかねているようだ。審判の鋭い視線が、〈狗〉たちにじっと注がれているとあれば。

前半戦と同様、諒一には杉尾、容子には森山、史奈には丸居が張り付いている。予想通りではあるが、〈狗〉たちは対戦相手として強豪だった。これがまともな競技なら、切磋琢磨（せっさたくま）の相手として歓迎したかもしれない。己よりも強いものに挑み、それを乗り越えていくことこそ、成長の肥やしだ。

この試合で、史奈は〈狗〉の男たちを観察する機会を充分に得た。

〈狗〉たちは足が速い。身のこなしが軽やかで柔軟、体力は〈梟〉と同じく無尽蔵だ。それに、闘志がある。若干、ありすぎる。だが、それが歪んだ目的から来ているにしても、勝利に向かって邁進する姿勢は尊いものだ。

六人とも試合運びに慣れてきて、ボールを取ったり取られたりを繰り返したため、観客は手に汗を握り観戦しているようだ。客席のざわめきも、前半よりはるかに大きい。

これで何度めか――〈狗〉の杉尾がボールを奪い、ゴールに向かって一目散に走り始めた。スタンド席から大きな声援と拍手が自然と沸き起こる。両者無得点のまま、後半戦もあとわずかだ。

——行かせるもんですか。

杉尾の隙を突こうと、諒一も走っている。

ふと、史奈は目を瞬いた。

——容子がいない。

頭を巡らせると、ひとり反対側の、〈狗〉のゴールに走り込んでいる。

まだボールは〈狗〉の杉尾が持っていて、〈梟〉のゴールに向かっているから、そちらには誰もいないのに。容子はもちろんノーマークだ。

——容子が、無駄な動きなどするはずがない。

丸居は史奈に張り付いている。諒一と杉尾はボールをめぐって駆け引きを続けている。森山は杉尾からのパスを待っているが、諒一が邪魔で杉尾がパスを出しかねている。

この小一時間で、史奈は丸居の弱点にも気づいていた。彼は驚愕すると動きが止まる。立ちすくんでしまうのだ。

とっさに、史奈は丸居の目の前で連続バク転をして見せた。「えっ」と目を剝いたまま立ちすくんだ丸居を出し抜いて再び駆けだし、杉尾めがけてスライディングした。しつこいディフェンスにイライラしている杉尾が、慌ててそれを避けた瞬間、諒一がわずかな隙を逃さず、ボールを横取りする。

「あっ、この野郎！」

「へへーん。ざまみろ！」

杉尾に諒一を追わせてはいけない。

史奈は走りだそうとする杉尾の足の間に、自分の足を差し入れた。避ける杉尾とふたりして、複雑で難解なダンスのステップのような動きになり、観客席がどよめいた。コミカルにも見えたのか、笑い声まで聞こえてくる。

『これは驚きました、ボールテイカー以外を攻撃しても良いという状況を、今度はアテナ陸上のルナが利用しています！　しかも彼女がやると、攻撃というより高度な技のようになって、美しいですね』

『力任せのスライディングタックルと違って、まるでダンスのようですね。しかしこれは、相手の杉尾もルナに負けない動きですばやく避けているからですよ。私たちはとんでもないものを見ているのかもしれません。アテナ陸上の長栖兄妹はともかく、他の選手たちはいったい今までどこに隠れていたのか――』

諒一がセンターラインに向かって走る。丸居も我に返り、ボールを奪おうと、森山とともに諒一に殺到する、その直前。

「よっしゃあ――――！」

諒一が真上に向けて重いボールを蹴り上げ、落ちてきたそれを、〈狗〉のゴール前にいる容子に向かって豪快なオーバーヘッドで蹴った。

スタンド席が騒然とし、思わず席から立ち上がってボールの行方を目で追う観客の姿が史奈にも見える。茫然と見守る森山と丸居の様子もだ。

誰も止める者のいないボールは、高いコースをまっすぐ容子に向かった。すでにシュートエリアに入った彼女が壁を蹴ってジャンプして両手で受け止め、悠々とゴールに押し込んだ。

競技場が、爆発的な歓声で満たされた。まるで地の底から揺さぶられているかのようだ。ハイパー・ウラマにも、球技にもほぼ関心のない史奈でさえ、この歓喜には共感を覚え、心を動かされた。

『シュ――――ト！　アテナ陸上、まずは準決勝先制点を上げました！』

興奮したアナウンサーが叫び続ける。

『信じられないパワーです、アテナ陸上、長栖諒一！　センターラインからシュートエリアまでのおよそ五十メートル、あの大きな重いボールを一直線に届かせました！』

『サッカー元オランダ代表の、ファン・バステン並みのアクロバティックなボレーキックでしたね！　びっくりしました。こちらまで嬉しくなってきましたよ。もっとすごいのは、先にシュートエリアに入っていた長栖容子と、諒一にこのチャンスを与えたルナじゃないかな。ふたりとも、試合の展開をよく読んでいましたね』

展開を読んだわけじゃない。ゴール前にいる容子を見て長栖兄妹のたくらみに気づき、強引に展開させたのだ。

合宿所で作戦を練っていたと言ったではないか。時間がたっぷりあった。ふたりは、〈狗〉の一族が自分たちに劣らぬ動きをすることも知っていた。

——どうすれば、出し抜けるか。

考えた末、〈狗〉をトリックで引っ掛けることにした。たぶん、そんなところだ。

「いってぇ」

当の諒一はと言えば、口を尖らせて、真っ赤になった右足の脛を撫でている。なにしろハイパー・ウラマのボールは重いし、がっちり硬いゴム製だ。ヒーローらしくはないが、諒一らしいとは言える。

『アテナ陸上チームは、実は得点数も今大会を通じて最多ですね』

『そうなんですよ。一回戦の対チーム・ユーザー戦でも得点を上げましたしね。なにしろハイパー・ウラマは、ゴールが小さいうえに高い位置にあって、シュートがなかなか入らないんです。球技というより格闘技の面が強く出る試合も多いですしね』

『そんな中、アテナ陸上の得点は貴重ですね』

『非常に興味深いのは、ハイパー・ウラマはそもそも、ドーピングを拒否しない競技であるにもかかわらず、アテナ陸上は通常の競技と同じようにドーピングを拒み、自腹で検査も受けているということですね。それでなお、この強さ、この速さとは』

『興味深いという意味では、実はチーム・ワイルドドッグも、これまでドーピングについて積極的に発言したことがありません』

『どういうことですか？』

『つまり、ワイルドドッグがドーピングしているかどうかは不明なんです』

「――おまえら」

振り向くと、森山が近づいてきた。

何が起きても対処できるよう、とっさに身構えるのは止めようがない。〈狗〉は敵だとインプットされてきたし、森山たちはそれだけあくどい真似をしてきたのだ。

「なんだよ」

見た目に反して血の気が多い諒一が、むっと唇を尖らせて森山に向き合った。このタイミングで喧嘩になどならないよう、史奈はふたりの間合いを測る。いざとなれば、割って入るつもりだ。

森山が、ちらりと犬歯を覗かせた。

「――俺たちより強い奴なんか、いないと思ってた。〈梟〉も、なかなかやるな」

「――おうよ」

諒一が返事に困っている。

森山の目がキラリと光った。彼が、立てた左の掌に右の拳を合わせる「抱拳礼（ほうけんれい）」をしたので、諒一と近くにいる史奈も、とっさに同じ型をとった。中国武術で演武や試合の前に行う礼だが、〈梟〉の間ではとうに廃れた仕草だ。意外に〈狗〉たちは古い作法を残しているのだろうか。

「ここからは、依頼抜きで真剣にやらせてもらう。いずれ、ゲームではなくお手合わせ願いたいね」

その言葉を風の中に残し、森山はセンターラインに歩いていく。

──望むところだ。

この狭い国土に、今も生き残る忍びの一族がふたつ。〈狗〉と〈梟〉は、きっといずれ衝突せざるを得ないのだろう。

『さあ、アテナ陸上が得点しました。試合再開は、チーム・ワイルドドッグのキックオフからです。センターラインに集まります』

蹴るのは森山。杉尾と丸居は森山の前方でボールを受けようと身構えている。キックオフは前方にしか蹴ってはいけない──。

先ほど、森山はキックオフでボールを諒一にぶつけようとした。まさか、同じことはするまい。だが、残り時間がわずかな今、森山たちが賭けに出る可能性はある。

細身の杉尾が、さりげなく後ろに下がっているのに史奈は気づいた。容子がやったのと同じことを、今度は自分がやろうというわけか。

笛が鳴る。森山はボールをわずかに蹴り出し、自分がボールを持ったまま走りだす。ドリブルしていようがいまいが、森山はまるで草原を疾走する猛獣のようだった。背中を丸め、跳ねるように地面を蹴る。ランニングフォームはしなやかだ。悪役としての存在感が定着しつつある〈狗〉だが、森山の走りにはスタンド席からも歓声が上がった。

——点は取らせない。

容子の先取点を守り抜くのだ。

先ほどとは逆に、史奈たちは〈狗〉を止めるために張り付く。マークする相手を変え、史奈が丸居、諒一が森山、容子が杉尾の前に立ちふさがり、あるいは追いかけ、前から後ろから横からと、彼らの疾駆を邪魔する。

〈狗〉たちの顔も真剣だった。もはや、皮肉に笑う余裕もなさそうだ。

出水に依頼されたからではなく、彼らは本気でこのゲームに負けたくないのだ。そんな気配を感じた。

森山がドリブルしながら大きく足を振り、思いきりよく蹴り出した。彼も諒一に劣らぬ脚力の持ち主だ。勢いよく飛んだボールは、まっすぐアテナ陸上のゴールに飛んで、輪っかの角度ゆえに得点はならなかったが、壁にずしんと当たって落ちた。

そこに、杉尾と容子が走りこむ。

シュートエリアに入った杉尾が両手でボールを抱えると、容子はシュートを邪魔するために杉尾の前に立ちふさがる。手を使っていいのは、敵陣のシュートエリアにいる時だけだ。容子は手を使えないので、全身でディフェンスしようとする。

杉尾がシュートの体勢をとり、ジャンプの前の助走をつけたときだ。容子の足が高々と上がり、杉尾の両手の間に踵(かかと)を落とした。あっけにとられた杉尾がぽかんと口を開ける。

『これはまた大胆ですね！　必殺の踵落としです！』

『杉尾選手、長栖選手の足が自分の手に当たったとアピールしています。踵を落とす際に、ボールを持つ杉尾選手の手をかすめたということでしょうか』

審判が試合を中断し、杉尾の抗議は動画判定に持ち込まれた。

「――なんだよ、いいところなのに。つまらん抗議で水を差すなよ、杉尾のやつ」

史奈と諒一の脇を通りすぎる森山が、不満を並べている。なるほど、森山はだんだんこの競技自体が楽しくなってきたらしい。

――おや。自分もだ。

史奈はふと、自分自身の心を覗き込み、呟いた。諒一と容子は最高に心強い仲間だ。そのうえ敵が手ごわい。敵が強ければ強いほど、負けたくないと思う。

そういう意味で、〈狗〉は最高のライバルだ。

『あーっと、いま動画判定の結果が出ました！　長栖容子選手の踵落としが、真上、正面、斜め上などさまざまな方向から撮影されていますが、真上からの映像がよりわかりやすいでしょうか』

競技場の大型スクリーンに、容子のほっそりとした白い足がピンと上がり、杉尾が両手で持つボールの中央にまっすぐ振り下ろされる様子が映し出された。スタンド席が感銘を受けたようにおおいに沸いた。何より、容子の足の動きが、まるで舞踏のように美しかった。

『長栖選手の足は、杉尾選手の手に当たっていません！　これはもう——映像で見れば明らかですね』

『ボールが一瞬、杉尾選手の手の中で跳ねるというか、暴れまわってるんですよね。だから、ボールが当たったのを足が当たったと勘違いしたのかもしれませんね』

『抗議によって中断した試合は、審判によるドロップボールで再開されます。いま、選手たちが元の位置に戻りました』

杉尾と容子の真ん中で、審判がボールを地面に落とす。ボールが地面に接触した瞬間から、プレー再開だ。

すぐさま、ふたりが勢いよく足を突っ込んでボールを奪おうとする。審判が急いでふたりから離れると、容子はボールをシュートエリアから蹴り出した。これで杉尾も手を使えなくなった。

その時、審判の笛が競技場に響き渡った。

『試合終了――！』

『審判が試合終了の笛を吹きました！　アテナ陸上チーム対、チーム・ワイルドドッグの準決勝は、一対零でアテナ陸上が制しました！』

「やったー！」

諒一がその場で自分の背丈ほども飛び上がり、審判をギョッとさせている。

――勝った。

小学校、中学校の体育の時間に、球技で勝って嬉しいと思ったことなどなかった。だが、この充実感、この手ごたえは、思いがけない喜びだった。

クールな容子ですら、センターラインに集合するため歩きだしながら、片目をつむり、にっと笑いかけてきた。

『正直に言いますが、これは意外な結果でしたね。番狂わせと言ってしまうとアテナ陸上チームに失礼ですが、おおかたの予想ではアテナ陸上は不利だと見られていました』

『今大会の参加チームの中で、女性選手がいるのはここだけですからね。おまけに対戦相手はワイルドドッグで、このチームはまた非常に攻撃的です。僕も正直、アテナ陸上は不利だと思ってました』

『今日はこの後、もうひとつの準決勝が残っています。いよいよシードの海外チームが登場するわけですが、選手の氏名などは、今日まで公表されておりません』

『そう、この後の準決勝も、非常に楽しみですね』

にぎやかなアナウンスが流れ続けるなか、負けた〈狗〉の三人は、小走りにセンターラインに向かっている。完璧に表情を消し、今まで見せたことがない真面目な顔だ。何を考えているのか窺い知れないが、アテナ陸上を潰せと依頼を受けていたのなら、出水にどう言い訳するか考えているのかもしれない。

――あるいは、競技場の外で仕掛けてくるつもりかも。

試合が終わり、油断したところを狙うというのは、彼らがやりそうなことだ。

特別席を見やると、奥殿は腰を下ろしたままだが、出水はさっそく立ち上がり、どこかに急いでいる。次の試合まで小一時間あるので、昼食でも摂るのか、スタンドを出ようとする観客が他にも大勢いる。出水は彼らをかき分けて先に進もうとしているようだ。

「準決勝の結果は、一対零でアテナ陸上チームの勝利です。お疲れさまでした」

審判が宣言すると、センターラインを狭んで並んだ双方が型どおりに一礼し、試合が終わった。

カーヴァー監督も、心から安堵した様子で諒一の肩をたたいた。

「お疲れさまでした。みんな本当によくやったね。誰も怪我はないか？」

「顎をこすったくらいかな。たいした怪我じゃないよ」

諒一が乱暴にごしごしと顎を撫でる。

史奈は、〈狗〉の三人が白けた様子で引き上げていくのを見ていた。

「先に控室に戻っていて」

諒一と容子に声をかけ、森山の背を追った。

「森山さん。次に会う時も、正々堂々とやりたいものです」

森山が眉をひそめ、振り返る。

「おい——〈梟〉の。俺たちの辞書に『正々堂々』なんて言葉があると思うか？　忍びが正々堂々とやってたら仕事にならんで」

「でも、森山さんは真正面から戦いたがっていた」

それが史奈の受けた印象だった。諒一にボールをぶつけたり、あくどい手段をとるものの、この男の本心は、真っ向勝負して実力で勝ちたいのだと感じた。なぜなら、この男は自分に誇りを持っているから。自分の能力に自信があり、実力で勝てると感じているから。仕事だから、意に染まない戦い方をしているだけだ。

「なぜそう思う？」

「〈狗〉は、自分の授かった能力を愛していないの？」

森山は一瞬、むっとしたように顎を引き、それから表情を緩めて笑いだした。杉尾と丸居は、怪訝（けげん）そうにふたりの様子を窺っている。

「――かなわんな、ほんま。どうして〈梟〉の奴は、そんなにまっすぐなんや？　俺たちはどうせ、いつまでたっても日陰の身やろ？」

「そうかな。いつまでも日陰にいなくちゃいけないと、誰が決めたの？」

「――――」

「私たちはもう、お日様に向かって歩きだしてもいいころだと思う。時代は変わった」

言葉にすることで、史奈はようやく、自分が本当にやりたかったことが理解できたと感じていた。

「忍び」の時代は、とうに終わっていた。里に隠れ住んだ祖母たちが必死で守ってきたものは、里と一族の存続だ。時代は変わり、里は失われたものの、一族はなお細々と命脈をつないでいる。

――〈梟〉は今、明るい日差しのもとに足を踏み出そうとしているのだ。

おそらく、その最初の一歩を踏み出したのは、里を下りて研究を続けている榊教授たちや、アスリートとして活躍する長栖兄妹や、そのさらに以前から里を離れて、さまざまな分野で自分の未来を切り拓（ひら）いてきた諏訪響子の父親のような人たちだ。

自分の本当の姿を隠したり、卑下したりする必要のない世界にしたい。もう隠れたり、世の中に合わせて自分を変えたりしたくない。

――わたしは、わたし。

「聞いて、森山さん。出水は、私たちを異能や異形と呼んで、自分たちと線引きしようとしている。怪物扱いすることで、能力の差に目をつぶり、安心したいんだと思う。そんな奴らの仲間になって、自分を貶(おとし)めないで」

森山の返事は待たなかった。史奈は踵(きびす)を返し、こちらの様子を窺っている諒一や容子たちのところに走って戻った。

「出水はこれから〈狗〉に会うと思う」

出水の性格なら、負けた〈狗〉を罵りたいはずだ。あるいは報奨金を餌に焚きつけて、競技場の外で〈梟〉を襲撃させようとするはずだ。

容子の目が光った。

「その現場を押さえることができれば――」

もちろん、出水がぼろを出すとすれば、その瞬間しかないだろう。

14

出水は、久しぶりに息苦しいほどの怒りを覚えていた。

――あの生意気な小僧。

森山疾風という男、いつも人を小馬鹿にした態度で、こちらの自宅にまで知らぬ間に侵入し、アテナ陸上チームを潰すことなどかんたんだと豪語しておいて、このザマだ。そういう意味では、〈梟〉の女たちと似たり寄ったりだった。

スタンドを出て、出水が急ぐのは更衣室のひとつだ。森山たちチーム・ワイルドドッグのメンバーが、控室として使用している。試合が終了した今、急がなければ彼らはさっさと引き上げてしまう恐れがあった。

——私に会わせる顔もないだろうしな。

ふんと鼻を鳴らし、唇を歪めた。試合を見に来た観客たちも、売店で飲食物を買うためか、席を離れて移動しつつある。彼らをかき分けて進むのは、少々骨が折れた。何度か睨まれたが、相手が年寄りだと見て取ると、憐（あわ）れむような目つきで進路を開けた。腹立たしい奴らだ。

「どちらにお越しですか。この先は選手の控室で、一般の方は立ち入り禁止です」

階段を下り、役員室や更衣室のある棟の入り口で、体格のいい警備員に制止された。もう何度もこの通路を行き来しているのに、制止されるとは苛立ちが募る。

「私は日本ハイパー・ウラマ協会の理事だ。選手に用があるんだ」

制帽のつばを下ろした警備員は、皮肉な笑みを浮かべているように見えた。

「しかし、理事だと言われましても——」

「何だ。証拠でも見せろと言うのか？　こっちは急いどるんだ」

事務局のビルに入る際に見せる入館証があることを思い出し、懐から出した。表に写真入りで「日本ハイパー・ウラマ協会理事　出水敏郎」と印刷されている。

「これは、たいへん失礼いたしました」

警備員はようやく自分の非を悟ったのか、恐縮した様子で頭を下げた。

「しかし、申し訳ありませんが、かんたんな持ち物検査をさせていただきます。実は先ほど、ハイパー・ウラマの選手を殺すと、インターネット上に書き込みがありまして。じき警察官が来ることになっていますが、それまでの間、私がこの出入り口を見張ることになっているんです」

出水は舌打ちした。さっそくそんな脅迫めいたいたずらをする奴が出てきたのか。ハイパー・ウラマが注目を集めている証拠ではあるが、こんな時に自分が持ち物検査を受ける羽目になろうとは。逆に、選手の殺害予告があったというのに、警備員がひとりしかいないとは手薄もいいところだ。運営側の人間としては、今後の対応を検討する必要がある。

「急いどると言っただろう。持ち物検査も何も、鞄ひとつ持ってはおらん。もし奴らがいなくなっていたら、君の責任だからな」

癇癪玉（かんしゃくだま）を破裂させる寸前で耐え、警備員が袖や懐に危険物などを隠していないか調べる間、こめかみをぴりりとさせながら我慢した。出水は鞄や巾着など持たないので、着物の時はいつも袖の袂に財布や携帯電話を入れている。

「失礼しました。何も問題ありません。どうぞお進みください」

出水は警備員を睨みつけ、更衣室に急いだ。頭を下げた警備員が見送っている。自分の邪魔をするとは不届きな男だった。なんとなく見覚えがあるので、前にここを通った際にも見かけたのだろう。

「入るぞ」

「チーム・ワイルドドッグ」と張り紙された更衣室のドアをノックし、返事を待たずに開ける。

「おっさん、行儀が悪いな」

機先を制するように、森山が嚙みついた。冗談ではない、怒っているのはこちらだ。

「あのザマは何だ、森山！　女相手に負けるはずはないと言ったのは、どの口だ！」

杖でドンと床を突く。だが、そんなことで気勢を削がれるような森山でもない。

「ふふん。俺のような女好きのフェミニストが、そんな馬鹿なことを言うか？」

へらず口をたたき、着替えたユニフォームをバッグに突っ込む。あとのふたり、杉尾と丸居は剣呑な視線をこちらに向けている。三対一では、こちらの分が悪い。

出水はどうにか怒りを鎮め、穏やかな声に切り替えた。

「——ともかくだ。どうするつもりだ？　アテナ陸上の誰かを負傷させ、決勝戦に出場させなければ報酬を出すとは言ったが、このままではおまえたちに払うカネはないぞ」

森山が、荷物を詰めたスポーツバッグを肩に掛けた。

「——べつにかまわん。なかなか愉快だったぞ、ハイパー・ウラマ。なあ」

杉尾たちに声をかけると、ふたりがにやりと笑った。

「まあな。好きなだけ女の足を蹴っていいと言うから来たんだよ。ま、あのふたりは逃げ足が速くて残念だったが」

「杉尾、おまえなあ、俺たちが変態の集まりだと思われるから、そういうこと言うのはやめろって」

——このくだらん男たちは、いったい何なのか。

出水が目に怒りをたぎらせていると、森山がこちらに向かってきて、ひょいと耳元に口を近づけた。

「金はどうでもいい。あとはそっちに任せた。吹き矢を使うような奴も仲間に引き込んでいるんだろう？　飛び道具とは、爺のくせに、なかなかあんたも卑怯な真似が好きらしいな」

森山は吠えるように笑って出水の背中をたたき、「行くぞ」と杉尾たちに合図すると、胸を張り更衣室を出て行った。

「待て――」

「諦めな、じいさん。森山はあの娘たちが気に入って、嫁にするんだと」

へらへら笑いながら丸居がそう教えた。

「なんだと――それでは契約が違う！　アテナ陸上に勝つか、あの三人の誰かを負傷させる約束だ。〈狗〉は、請け負った仕事を遂行することもできない能無しなのか！」

森山と杉尾の後を追いかけようとしていた丸居の顔つきが変わる。くるりと振り向いた彼は、太い両腕で出水の身体をドアに押し付けた。口を開くと鋭い犬歯が覗き、出水は今にも喉笛に噛みつかれるのではないかと肝を冷やした。

「――じいさん、気をつけてものを言え。俺たちはハイパー・ウラマに出場するよう依頼を受けた。あれは試合だろう。勝つために努力するのは当然のことだ。だが、勝負は時の運。そういうことだよ」

――そんな詭弁（きべん）ではぐらかすつもりか。

森山たちは、自分たちの契約不履行を、もともとの依頼内容をすり替えて、なかったことにしようとしている。

「そんなバカな――」

「馬鹿はそっちのほうだ。俺たちと契約しただけじゃ気がすまず、ボディビルダーのチームにも金を払ったり、吹き矢を使ったりして、アテナの連中に警戒させちまった。仕事をやりにくくしておいて、なに文句を垂れてやがる。いいかげんにしろ！」

丸居が怒鳴ると、まさしく狼（おおかみ）が吠えるような迫力だ。出水は恐ろしさに縮み上がり、腕が離れた隙に、更衣室を逃げ出した。丸居が追ってくるなら、先ほどの警備員に助けを求めるつもりだった。そう言えば、すぐに警察官が来るとか言ってなかったか。

――いや、だめだ。警察は困る。

慌てて出入り口まで急いだが、警備員の姿はなかった。誰もいないとは信じられない。警察官を迎えにでも行ったのだろうか。

丸居が追ってくる気配はない。深呼吸をして、乱れた襟元を直し、席に戻るべく階段を上がっていく。特別席には奥殿がいるだろう。あの男に会うのも今は憂鬱だった。

「――あら。ひょっとして、運営の――出水さんではありませんか」

朗らかな若い女の声がした。スタンド席の端からソーダ水のカップを抱え、身を乗り出している。見覚えがあった。名前は忘れたが、近ごろ売り出し中の女優の卵だ。ハイパー・ウラマの広告塔にするとかなんとか、舞い上がった運営スタッフが検討していた。まあ、顔立ちは整っているのかもしれないが、昔の清楚（せいそ）で気品に満ちた女優たちに比べれば、どこにでもいそうな「ちょっときれいな女」にすぎない。

「あんたは――先日会いましたな。今日は観戦に来られたんですか」

「ええ、通しのチケットを手に入れたものですから」

女は階段を下りようとして、急いだ拍子にカップのソーダ水を出水の羽織の袖にぶちまけた。出水がギョッとして凍り付いていると、彼女が悲鳴を上げて飛んできた。

「ごめんなさい！　大変、すぐシミ取りしなくちゃ」

「何をするんだ」

「羽織をお借りします。たしかロビーにソファがあったと思うので、シミ取りしてきますね。いつも道具を持ち歩いてるんです」

「そんなことはしなくていい」

「いえ、それでは私の気がすみません。甘いものをこぼしてしまうと、アリが来たりしますし」

女が羽織の紐に手を掛けたので、思わず手で振り払うと、「痛っ」と小さな悲鳴を上げた。

里見はるかだ、という囁きが客席のそこかしこで始まると、出水は好奇心に満ちた視線を向けられ、居心地が悪くなった。

「自分で脱ぐ。まったく、おおげさな」

「すみません、本当に。すぐすみますから」

女が愛想よく言い、羽織を抱えてロビーに向かったので、出水もしかたなく後を追うしかなかった。

〈梟〉といい〈狗〉といいこの女優といい、若い者など災難でしかない。ロビーに向かう途中で、客席に座る若い男と視線が合った。向こうは急いで目を逸らしたが、あれは間違いなくチーム・ユーザーの選手のひとりだ。報奨金につられて参加したが、意気地のないことにやっぱり〈梟〉には歯が立たなかったのだ。

――まだ試合に未練でもあるのか。

出水は軽蔑の笑みを浮かべ、女を追った。

＊

「合宿所では、ドリブルやシュートの練習もしたけど、誰も予想しない方法で点を入れることばかり考えていたの」

もうすぐ午後の試合、もうひとつの準決勝が始まる。スタンドにも席があると言われたが、観客の注目を集めるのは避け、史奈たちは一回戦の時と同じく、控室のモニターで観戦することにした。

「諒一とふたりだけで点を取る方法を編み出したんだけど、史ちゃんが気づいて協力してくれたおかげで取れた先制点だったね」

「そんなことない。まさかと思ったけど、すごいキックだったね」

「兄さんは馬鹿力だけはあるから」

そう言われた諒一は心ここにあらずで、早くも画面に集中している。

『さあ、準決勝第二試合、入場です。チーム・サムソン！　サムソンとは、旧約聖書に登場する怪力の英雄ですね。メンバーは――これは、驚きました。チーム・サムソン、準決勝から控えの選手を投入すると予告していましたが、これまで二回の試合に出場したメンバーを、総入れ替えしてきました』

『言い方は悪いですが、身体つきだけで見るとこっちが一軍で、これまでのメンバーが二軍じゃないですか。今日は本気を出すんでしょう。――しかし、なんかひとり見覚えのある選手がいませんか』

『そうなんですよ。どこかで見たと思ったら――チーム・サムソン、今日のリーダーは大虎真吾（しんご）選手です。初日にチーム・ユーザーのメンバーとして出場していました、プロのボディビルダーです』

史奈は驚いて画面を二度見した。足を怪我した熊野の自宅に集まり、酒に酔ってソファで寝ていた男だ。しかし、何か変だ――。

「たった二週間なのに、あいつ前より体格が良くなってない――？」

容子も眉をひそめて見入っている。

『チーム・サムソン、準決勝に向けて身体を仕上げてきました』

『同じ選手が複数のチームに参加するのは、ハイパー・ウラマのルール上、違反ではありませんが、なかなか型破りですね』

チーム・サムソンの三人は、みんな盛り上がる筋肉を誇示するかのような、身体の線にぴったり沿ったランニングシャツをユニフォームにしている。もちろん、見せたいのだ。自分たちの努力の跡、ありえないほど仕上がったみごとな筋肉を誇りたいのだ。

いや、身体を仕上げてきたなどという、生易しいものではなかった。これだけの筋肉を身にまとうには、どれほどのトレーニングを必要としたのだろう。もちろん、通常の食事などでは難しい。筋肉増強剤の影が見え隠れする。ハイパー・ウラマはドーピングを許可する競技なのだから、それがいけないとは言わないが、無理やりな筋肉増強が身体に与える悪影響も感じ取れる気がした。

『さあ、いよいよ最後のチームの入場です。海外から世界大会予選に参加するチームのメンバーは、これまで固く秘密にされてきました』

アナウンサーのその言葉が終わらないうちに、会場中を揺るがすハードロックと観客のどよめきが、奥の控室まで届いてきた。

『エントリーナンバー十三、チーム・キング！　この大歓声をお聞きください！　ローラン・アダムス！　元・陸上競技百メートルのプリンスです！　グラウンドから笑顔で客席に手を振っています！』

アナウンサーが興奮で舞い上がっている。

『続いては、堕ちた帝王、マルセル・シルベストルです！　自転車ロードレース界に七年間も君臨しながら、長期にわたるドーピングが発覚し、競技の世界から追放され、記録もすべて抹消されました。さすがの貫禄でグラウンドから投げキッスを送ります』

『いやあ、このふたりは必ず出場すると思いましたが、やっぱりいざ実現すると盛り上がりますね。これがスターの力だなあ』

『歓声がすごいですね。チーム・キング最後のメンバーは――』

会場がひときわ大きな歓声で揺れた。

「――なんだこりゃ」

諒一がいぶかしげにパイプ椅子につかまっている。地震のような揺れだ。

モニターには、日焼けした褐色の肌に真っ白な歯がこぼれる、愛嬌のある顔立ちの中年男が映っている。

『お待たせしました！　ドナルド・コーエンが今、グラウンドの入り口で深々と客席に向かってお辞儀をしています！　元テニスプレーヤー、全豪・全仏・全英・全米の四大大会を制覇してグランドスラムを達成！　引退して十年後に過去のドーピングについて告白しました。いや――すごい人気ですねえ』

『こうして見ると迫力がありますね。テニス選手を引退し、大柄な体格と整った容姿を活かして、今はハリウッドで俳優としても活躍しています。さすがに観客の心をつかむテクニックが超一流ですね』

　控室のドアがノックされ、広報室長の郡山が急ぎ足で入ってきた。ドアが開いた瞬間に、隙間から篠田の姿がちらりと見えた。警備員姿の篠田は、控室を守るかのように通路を油断なく見渡している。

「もらってきたよ」

　史奈は立ち上がり、郡山の掌にある小さなＩＣレコーダーを受け取った。

「これは何なんだ？」

　郡山が尋ね、カーヴァー監督や容子も興味深そうに集まってくる。諒一は試合に夢中だが、それはしかたがない。

　監督と郡山のいないところで再生すべきかとも考えたが、そろそろこのふたりにも、ハイパー・ウラマという競技の裏側を知ってもらうべきだろう。

「お願いがあります。ここに何が録音されているか私もまだ知りませんが、おそらく想像を絶する内容でしょう。もし、何か看過できないようなこと、たとえば犯罪に類するようなことを耳にされたとしても、後のことは私たちに任せてください。よろしいですか？」

　聞く前から驚いているふたりが、史奈をまじまじと見つめた。しばらくして口を開いたのは、監督だった。

「──君たちが、なんとなくふつうの若い人と違うことは感じていたよ。よろしい、了解した。諏訪社長のお母上が君たちにハイパー・ウラマ参戦を依頼したのは、よくわからないけれど、君たちのその能力に期待したからなんだろうね」

「そうだと思います。では」

ＩＣレコーダーのスイッチを操作し、最新の録音を再生してみた。誰の声かわかった瞬間、容子は腑に落ちた顔になり、郡山と監督はますます怪訝そうな顔になった。

「これは――」

会話が進むほどに、ふたりの表情が深刻なものになる。いつも穏やかなカーヴァー監督の首筋が、徐々に怒りで赤みを帯びた。

「これは本当なのか？　この前もそんなことを言っていたが、ワイルドドッグのメンバーは、君たちを負傷させろと指示を受けていたのか？」

「そのようですね」

試合がアテナ陸上の勝利に終われば、出水は腹立ちまぎれに〈狗〉の控室に乗り込んで、次の指示を出すと予想していた。だから、篠田に電話で頼んで出水の衣服にＩＣレコーダーを仕掛けてもらったのだ。〈狗〉たちは勘が働くから、彼らの控室に仕掛けるのは避けた。他人が控室に入っただけで、彼らはその匂いに気づくだろう。

出水が着物姿だと知っていた篠田は、うまくやってのけたらしい。仕掛けたＩＣレコーダーの回収は、遥が手伝ってくれた。

——篠田や遥にまで危ない橋を渡らせてしまった。

それは猛省すべき点だが、録音を聞く限り、女優魂の発露なのか、遥は嬉々として出水をだます演技をしたようだ。

「この録音が公的な証拠として使えるかどうかはわかりません。出水氏とワイルドドッグの皆さんは、きっとこの会話を否定するでしょうしね。ですが、こういった証拠が複数出てくれば、話は別です」

「まだあるのか！」

史奈は、初戦の相手のチーム・ユーザーも出水に同じ要請をされていたことと、彼らの会話も録音してあることを話した。

「それに、つい先日、私たちの遠縁にあたる人の家が、発火物を仕掛けられて全焼したんです。出水氏の関与を疑っています」

監督と郡山は、呆れて声も出ないようだ。

「いったいなぜ、その出水という人は、そんなことをするんだ——」

「アテナ陸上が、ハイパー・ウラマの『フリードーピング』という理念に、真っ向から対抗したからですよ。出水氏は、日本ハイパー・ウラマ協会の理事のひとりです。私たちが優勝すれば、ドーピングなんてしなくてもいいという強力なメッセージになります。それを恐れて、排除しようとしたんでしょう」

「――どうもよくわからないな。そこまでして、ドーピングに対する考え方を変えさせようとする意図は、何なんだろう。何のメリットがあるというんだ？」

カーヴァー監督がこらえかねたように呻いたが、その質問はなかなか鋭かった。

「それは、私にもよくわからないんです」

史奈は苦笑いした。

「でも、監督がおっしゃるように、彼らには何らかの意図があって、ハイパー・ウラマを立ち上げたのだと思います。私たちは、彼らにとって邪魔者なんです」

出水の祖父の代に始まる個人的な怨恨については、話すつもりはない。話しても、おそらく理解されないだろうし、闇に葬るべき情報もあるのだ。

「――わかった。それで、君たちはこれからどうするんだ？」

「それは――」

『あああああ―――――っ』

史奈が口を開きかけた時、モニターからアナウンサーの悲鳴がほとばしり、誰もがギョッとした。この控室にまで、会場全体を揺るがす騒然とした空気が伝わってきた。

――何かが起きたのだ。

「どうした？」

驚いた監督たちが振り返る。諒一も拳を握りしめて立ち上がり、食い入るようにモニターを凝視している。

フィールドに、大柄な誰かが倒れている。歯を食いしばり、胸を押さえて苦しむ様子は、ただごとではない。審判や運営スタッフ、看護スタッフが駆けつける一部始終も、カメラがとらえている。

『いまボールをドリブルしながら疾走していたチーム・サムソンの大虎選手が、突然、胸を押さえ、苦しそうに倒れました！　何が起きたのでしょう、スタッフが集まります。選手たちも心配そうに駆け寄っています！』

倒れた大虎の横に担架を置き、医師や看護師が跪（ひざまず）いて、応急処置に当たっているようだ。

「――私たちも競技場へ」

史奈が呟くと、諒一が真っ先に飛び出していった。監督と郡山は、控室が無人になるのを避けるため、ここに残ると言った。史奈と容子が諒一を追って廊下に出ると、篠田が驚いたようにこちらを見た。

「いったい何があったんだ？」

「選手が倒れたの。私たちも競技場の様子を見に行こうと思って」

「倒れた？　待ってくれ。その選手がどこかから狙われた可能性はないのか。君たちが行けば、また危険な目に遭うかもしれない」

史奈は言葉に詰まり、口ごもった。篠田は鋭い。もちろん、史奈も大虎が誰かに狙われたと考えたから、様子を見に行こうとしているのだ。

「篠田さん、私たちなら大丈夫。それに、今なら敵も、私たちを狙ったりはできないと思う。選手が続けて倒れたりすれば、騒ぎが大きくなるから」

「――止めても無駄なんだろうな」

篠田が天を仰ぐ。

「わかった。せめて盾にならせてくれ」

彼がボディガードとして前に立ち、先を急ぐ。

競技場に出るゲートが近づくと、スタンド席のざわめきがいっそう大きく聞こえてきた。競技場の隅には救急車が待機し、担架も準備されているのに、スタッフがなぜか大虎を急いで救急車に乗せようとしていないことが気になった。ユニフォームの上半身を切って脱がせ、医師が心臓マッサージを始めている。

救急車から、看護師がＡＥＤの赤いケースを抱えて走ってくる。

「――心肺停止しているんだ」

容子が呟く。競技場には出ず、ゲートで茫然と突っ立っている諒一と合流し、遠目に見守る。

「何か、攻撃を受けて倒れたようだった？」

試合をずっと熱心に観戦していた諒一に尋ねると、彼ははっきり首を横に振った。

「――いや。そんなんじゃないよ。カメラははっきり大虎の様子を映していたけど、外部からの攻撃とか、そんなものはなかった。ただ、急に胸を押さえて倒れたんだ」

諒一の顔も青白い。

医師がＡＥＤのボタンを押すのが見えた。大虎に変化はなさそうだが、スタッフと看護師たちが彼の巨体を担架に乗せ、四人がかりでようやく救急車に運んでいく。

サイレンを鳴らしながら救急車が競技場から走り去っても、ざわめきは鎮まらない。

『――大変なことになりました』

アナウンサーが痛ましげに放送を続ける。

『ただいま入ってきた情報です。チーム・サムソンの大虎選手ですが、心肺停止状態で病院に搬送されるそうです。突然、倒れこみましたね――何が起きたのかわかりませんが、心配です』

競技場の中では、審判の周囲に残された選手たちが集まり、深刻な表情で何やら協議している。どちらのチームにも監督やコーチにあたるスタッフがいるらしく、彼らも協議の行方がはかばかしくないと見て、駆け寄っていく。選手たちが感情的になり、激した様子で何か言うたび、監督やスタッフらがそれを宥めているようだ。審判は彼らの言い分に耳を傾け、頷いているが、結論はなかなか出ない。

やがて、チーム・サムソンの残されたふたりが、ユニフォームのランニングシャツを地面にたたきつけるように脱ぎ捨てた。そのまま、試合終了時のルールを何もかも無視して、怒りをたぎらせ競技場を歩み去っていった。

『あーっとこれは、何が起きているのでしょうか。チーム・サムソン、残るふたりも競技場の外に出てしまいました』

審判が首を振り、そこでようやく試合終了の長い笛が吹かれた。

『試合終了だ――――！　準決勝第二試合、チーム・サムソンの大虎選手が倒れ、棄権した模様です。チーム・サムソンにはこれまでの試合に出た控えの選手が少なくとも三名、登録されているはずですが、この時点で棄権を選ぶとは意外でした』

マイクが審判に運ばれると、ようやくスタンド席が彼の言葉を聞こうと鎮まった。

『準決勝第二試合は、チーム・サムソンの棄権により、勝者チーム・キング！』

一瞬、スタンド席は静まりかえった。

我に返っても歓声を上げるものは少なく、ため息のようなざわめきが流れる。

世界的に著名なスポーツ選手の登場にあれほど沸いた客席は、大虎の悲劇を目の当たりにして困惑と不安に包まれている。

『ですが、ここでチーム・キングから声明があるそうです』

競技場のスクリーンに、マイクを握った帝王マルセル・シルベストルの顔が大映しになった。つい先ほど目の前で倒れた若者を心配しているのか、眉間に深い皺を寄せている。舌の上で転がるような外国語が彼の口から流れだすと、横に並んだ若い男性の通訳が日本語に同時通訳してくれた。

『大虎選手が元気になることを祈っています。——チーム・サムソンの棄権により私たちが勝者となりましたが、われわれ三人は、この状況を素直に受け入れることができません』

史奈はなにげなくスタンドの特別席を見上げていた。アシヤはいないが、並んで座る奥殿と出水は、じっと競技場を見ているようだ。黒いスーツ姿の誰かが駆け寄り、奥殿に何か話しかける様子が見て取れた。

『私たち、チーム・キングもこの試合を棄権します。この準決勝に勝者はいません。ただひたすら、大虎選手が健康を取り戻すことを祈ります。会場の皆さんも一緒に祈りましょう。ありがとうございました』

会場がどよめいた。シルベストルらの決断を讃える声も聞こえる。

史奈の目は、遠目にもあたふたと立ち上がる出水と、腕組みしたまま特別席で会場を睥睨する奥殿をとらえていた。表情までは見えないものの、奥殿のこわばった肩には、隠しきれない怒りのオーラが感じ取れる。その理由が何なのかはわからない。スター選手の気まぐれで、決勝戦が吹き飛んだせいかもしれない。

「行きましょう。出水がどこかに行く」

いくら試合がこんな形で終了したとはいっても、あんなふうにそそくさと会場を後にする必要はない。まるで逃げるようだ。

出水が通るだろう出口に走った。

「出水さん！」

ロビーで見つけて声をかけた。スマホで電話をかけようとしていた出水が、ぎくりとこちらを振り向く。

アテナ陸上の三人を見回し、傍らに立つ警備員を見て、何かに思い至ったようだ。眉間に皺を寄せて睨んだ。

「おまえは――」

篠田は眉の毛ひと筋も動かさず、周囲に気を配っている。試合が終了したので、会場を出ようとする観客もちらほらと出ている。

「あなたが私たちの対戦相手に報酬を払い、私たちに大きな怪我を負わせようとした証拠を手に入れました。競技中のことなので、犯罪になるかどうかは微妙ですが、少なくとも倫理的には許されないでしょう。ハイパー・ウラマという競技にとっても、マイナスでしょうね」

「それがどうした」

傲岸に出水がせせら笑う。

「ハイパー・ウラマはもともと、クリーンなイメージで始めた競技じゃない。世の中、ダーティなことが必ずしも悪いとは限らない」

「放火は悪事ですよ」

一瞬、出水の老いぼれた顔が、ぽっかりと空いた穴のようになった。空っぽの、穴だ。出水は本当に忘れていたのだと思った。史奈に指摘され、思い出したような顔だった。

「私たちの仲間の家に放火したでしょう。やっぱり、金で誰かを雇ったんですか？　あなたは自分の手を汚す人じゃないから。自分の手はあくまできれいにしておいて、手を汚した人間を汚らわしいと罵るタイプですよね。そして果実だけはもいでいく」

「――何の話かな」

出水の顔に血色が戻ってきた。

「根拠もなく他人を誹謗中傷（ひぼうちゅうしょう）すれば、君たちのほうが捕まる。もちろん私が訴えてやるからな」

「証拠がないと思っているでしょう」

史奈は微笑んだ。

「あなたは甘い。自分の手を汚さず、汚れ仕事を他人に押し付けてきたツケが、もうじき回ってきますよ。なぜなら、みんな自分の身が危うくなれば、誰に頼まれたか吐くでしょうから」

出水に思い当たる節があるのは明らかだった。怒りのせいか、首筋に太い血管が浮き、顔が赤黒く染まる。

「そう言えば、大虎さんはどうして急に倒れたんです？　短期間に無理な身体づくりをしたのは見てすぐわかりましたが、あれは何かの薬物によるものですか？　ひょっとして、出水さんが何か薬物を渡したんじゃないですか？」

ふと思いついて、かまをかけただけだったが、出水からあからさまな反応が返ってきて、こちらのほうが驚く。

「――あなたはあまりにもやりすぎた。そういうことです、出水さん」

無言で上半身を反らし、出水は苦い表情でロビーを出て行った。何も言い返してこなかったのが、出水の受けた衝撃の大きさを示すようだった。

「――これは、これは。アテナ陸上の皆さん」

背後から聞こえた拍手と、とぼけた猫撫で声に振り向くと、そこにはほっそりした男性が立っていた。奥殿だ。

「こんなところでお目にかかろうとは思いもよりませんでしたが、ぜひお近づきになりたいと考えていたところですよ」

「ドーピングに真っ向から反対している私たちとですか？」

奥殿の真っ赤な唇に、毒汁が滴るような嫌な笑いが浮かんだ。

「ご挨拶の始めから、そう尖らないでください。いずれ、あらためてご招待させていただきます。ぜひ一度、食事でもしましょう」

アテナ陸上の三人が無反応でいると、奥殿は芝居がかったしぐさで一揖し、ロビーから出て行きかけて、思い出したように振り向いた。

「――そうだ。肝心なことを言い忘れておりました。このたびはまことにおめでとうございます。ハイパー・ウラマ世界大会予選の初代優勝チームの皆さん」

整った顔立ちがにたりと笑みくずれ、彼は小さく「では」とつけくわえると、踵を返し立ち去った。

「うわあ、何だあれ。気色悪ぅ」

諒一が両手を自分の身体に回し、顔をしかめてぶるっと震える。

「出水よりはだいぶ格が上みたい。ワルだけど」

容子がぼそりと言って、邪気を払う印を切った。奥殿の心底に感じ取れる、どろりと澱んだ気配がよほど嫌いなのだろう。

＊

仕事柄、方喰はよく携帯電話番号の入った名刺をばらまいている。どんな方面から情報が飛び込んでくるか、予想もつかない。だから、スマホに登録していない番号から電話がかかってくることなど、珍しくはない。

「はい。東都スポーツ、方喰です」

しばらく、相手は沈黙していた。

——イタズラ電話かな。

イタズラ電話も珍しくはない。だが、方喰は長年の記者生活で培った直感で、それが単なるイタズラ電話などではなく、誰かが自分に重大な情報を告白しようとしてかけてきたが、口火を切る勇気が出せないで迷っているのだと感じ取っていた。

——待つか。

方喰はスマホを持ったまま、煙草と百円ライターを拾い上げ、ビルの屋上にある喫煙エリアに階段で向かった。

「ゆっくりでいいですよ。言いたいことをまとめる時間も必要でしょう」

方喰のその言葉と沈黙を、どう受け取ったかはわからない。だが、その対応で間違いではなかったようだ。

『大虎が、死にました』

声に聞き覚えがあった。方喰はとっさに、通話を録音するボタンを押した。これは、犀角だ。アテナ陸上が一回戦で戦ったボディビルダーのひとりだ。

今日はハイパー・ウラマの準決勝で、方喰もつい先ほどまで会場にいて、試合を観戦していた。アテナ陸上の試合は、ハイパー・ウラマに反感を持つ方喰ですら、魅力を感じるほどの躍動感にあふれていた。だが、ふたつめの試合がすべてを台無しにした。

――亡くなったのか。

初戦では犀角と同じチームで出場した大虎選手が、準決勝では別のチームで参戦し、途中で倒れて心肺停止状態で搬送されたことまでは知っている。だが、亡くなってしまったとは。

「――なんとお悔やみを言えばいいか――。犀角さんもショックでしょう」

『大虎はあの男に殺されたんだ。一度でやめておけば良かったのに、欲を出すからこんなことに――』

呻くような犀角の声に、不謹慎とは思いながらも、彼が事件の真相を語ろうとしていることに鼓動が高まる。

「お話を聞かせてください。大虎さんの無念を、少しでも晴らしましょう。第二の大虎さんを出さないためにも」

犀角がぽつりぽつりと語り始める。

録音はしているが、胸ポケットから手帳とペンを出し、喫煙エリアのベンチを独占して、方喰は無我夢中でメモを取った。

15

きれいに頭を剃り上げた中年男性が、席を勧められて腰を下ろしたものの、しかつめらしい表情でかしこまっている。

隣に並んだ奥さんは、頑固者らしい夫の横で、ふっくらと福々しい頬に笑みを浮かべ、にこにこしている。

「来てくださってありがとうございます。馬淵さん」

「とんでもないです。こちらこそ、このたびはいろいろとお気遣いありがとうございました。おかげさまでようやく落ち着きそうです」

答えたのは、かちんこちんに緊張している夫のほうではなく、笑顔の妻のほうだ。

榊教授が世話になっているという、六本木の中華料理店だった。放火で全焼した馬淵ベーカリーの夫婦が、このたび火災保険が無事に下りて店舗と自宅を再建する運びとなり、お祝いにと教授が招待したのだ。

広めの個室に馬淵夫妻と教授、栗谷和也、堂森明乃と息子の武、長栖兄妹と史奈が集まっている。ハイパー・ウラマの一件も一応は片がつき、今日はその祝いも兼ねているのだ。

店のスタッフがノックとともに姿を現し、教授に「ただいまお見えになりました」と声をかけた。

「遅れて申し訳ありません」

そう頭を下げながら車椅子で現れたのは、アテナ創業者一族の諏訪響子だ。今日も和服姿の女性が付き添っていたが、テーブルまで響子の車椅子を押すと、さりげなく個室を出て行った。

今日は、〈梟〉だけの集まりなのだ。

馬淵夫妻は、響子の若々しい表情と、純白の髪の対比にしばし目を奪われていたが、教授がお互いの紹介をすると、恐縮したように何度も頭を下げた。

全員がそろったことを見定めて、スープと前菜が運ばれてくる。

「やった。ここのご飯、食べたかったんだー。このまえ食べたチャーハン最高だったもんな」

諒一が小声で容子に囁きながら、目を輝かせている。子どもと変わらない。

「馬淵さんはお酒もお好きだと聞きましたよ。ビールもありますし、紹興酒（しょうこうしゅ）や老酒（ラオチュウ）も用意してもらっています」

教授が如才なくお酒を勧める。祝賀会を兼ねた会食は、仲の良い親戚が集まったかのように、和やかなムードで始まった。料理が美味（おい）しいうえに、スタッフの心配りも素晴らしい。しばらくは史奈たちも童心に返り、料理に舌鼓を打った。

「――榊さん。私たち夫婦は、以前は〈里〉や一族について、あまりいい印象を持っていなかったんです」

馬淵が朴訥（ぼくとつ）な口調で話し始めたので、みんな箸を動かす手を休め、耳を傾ける。

「私たちは従兄妹（いとこ）なんですが、〈里〉を下りたのは、私や妻の祖父母の時代です。その後はいろいろ辛い時期もあったんですが、なぜか〈里〉と連絡を取ることはいっさいなくて。初めてご連絡をもらった時、たいへん失礼な態度をとったんじゃないかと思います。あの時は本当に、申し訳なかったです」

教授が「いやいや」と手を振り、後を引き取った。

「馬淵さん、謝るのはこちらのほうです。昔のことは私にもよくわかりませんが、〈里〉はこれまでひどく閉鎖的で、いったん〈ツキ〉の意思に背いて外に出ると、二度と戻ることは許されなかった。だが、今はもうその〈里〉すら存在しません。〈ツキ〉は、しがらみのない若い人たちが引き受けてくれています。今後はもし馬淵さんさえ良ければ、一族の集まりにも顔を出してやってください」

馬淵ベーカリーの放火事件は、警察の粘り強い捜査で、実行犯が特定された。近隣の防犯カメラの映像を丁寧に解析し、出火の時間帯に周辺を通りかかった人や車をひとりずつ、あるいは一台ずつ特定したそうだ。

そもそも馬淵ベーカリーのあたりは閑静な住宅地で、住民以外の無関係な人間がうろつく場所でもない。気が遠くなるほどの作業の甲斐があり、素性の不明な若い男性をひとりピックアップして、その動線をカメラの映像で突き止め、駅の改札を交通系ICカードで通過した時刻を押さえた。あとは、交通系ICカードの膨大な記録から、その時刻にその駅を通過した人物を探せば良かった。

放火の実行犯は〈狗〉ではないかと疑っていたが、どうやら違うらしい。

男は無職で金に困り、ネットで闇バイトを探すうちに、放火の依頼があることに気づいたそうだ。見知らぬパン屋に火を放つことに罪悪感はなく、来たこともない店だから、自分が実行犯だとはまさか気づかれないだろうと考えていたそうだ。

男に放火を依頼したのは、パソコンに残る履歴や数々の状況証拠から、「おそらく」出水だろうと考えられている。確信を持って言えないのは、出水がもはや、この世の人ではないからだ。

――ハイパー・ウラマの準決勝が行われた日の翌日、出水はお手伝いさんによって遺体で発見された。リビングルームのソファに横倒しになった状態で眠るように死んでいたそうだ。

そばには薬物の入った強い酒と遺書があり、侵入者の痕跡など不審な点はなかった。警察は自殺と判断したそうだ。

短い遺書には、「人生に疲れた」などと書かれていたが、具体的な動機は何も記されてなかった。傲慢な出水の性格を知る者は首をかしげた。しかし、その直後に、『ハイパー・ウラマの闇』と題した方喰記者の記事が東都スポーツに掲載され、読者をおおいに納得させたのだった。

記事には、準決勝で亡くなった大虎選手を始め、複数の参加選手が、試合を盛り上げるために運営側から肉体改造を勧められ、強力な筋肉増強剤を渡されたことや、その運営側の人物が外ならぬ出水だったことなどが詳細に書かれていた。

おまけに、ドーピングなしで参加すると宣言したアテナ陸上の選手たちを邪魔者扱いし、対戦相手らにわざと負傷させるよう指示して、成功報酬を約束したことも暴露されていた。放火事件も、アテナ陸上の選手と「遠縁の関係にある」馬淵家に被害を与え、彼らに精神的な苦痛を与えるためと考えられている。

大虎の死因は直接的には心筋梗塞だが、長年のステロイド常用と急激な筋肉増強による心臓肥大が遠因とされた。二週間のあいだに身体つきがすっかり変わった大虎をスクリーンやスマホで見た視聴者らも、その検視結果に納得したようだ。

出水は、大虎の死によって悪事が露見することを恐れ、自分の手で決着をつけることにしたのだろう。そう、報道されている。

――だが、自殺のわけがない。

まだ捜査の手が自分に及んだわけでもないし、その時点では決定的な証拠が見つかっていたわけでもないのに、あの男が潔く自分の人生に幕を下ろしたりするはずがなかった。出水は他人を押しのけ、押し倒してでも、自分が生きたい男だった。ことの善悪はともかく、生命力にあふれていた。

——自殺ではない。

史奈の目に、あの奥殿大地という謎めいた男の微笑が浮かぶ。

どこまでが出水の独断専行で、どこから奥殿らも知っていたのかはわからない。だが、出水にすべての責任を負わせて口を封じれば、ハイパー・ウラマの関係者にとっては都合が良いに違いない。

コース料理の最後にデザートの杏仁豆腐（あんにんどうふ）が提供され、和やかな会の締めくくりに、それまで穏やかにみんなの話を聞いていた響子が、控えめに口を開いた。

「長栖諒一さんと容子さんには、これからアテナ陸上でますます活躍していただきたいと思っています。大事な時に、ハイパー・ウラマのような競技に寄り道させてしまって、本当に申し訳ないです」

「響子さん、それは違うよ」

諒一が杏仁豆腐をほおばりながら、スプーンを横に振って真っ先に否定した。

「あれは俺たちが出て正解だったんだ。競技の趣旨を否定するためだったけど、出てみれば意外に面白い奴らもいたし」

諒一が〈狗〉の話をしているのは明らかだった。彼も〈狗〉と対決して、初めてその思いがけない強靱さを知ったのだ。

――敵にすれば手ごわい。だが、もし味方につけることができれば――。

容子ならそんなことも考えそうだ。

「ハイパー・ウラマの事務局から、世界大会予選優勝チームのアテナ陸上に、世界大会への参加について打診があったんです」

響子が、愁いを帯びた表情で続けた。

「ただ今回は、準決勝で不幸な事故が起きたため、アテナ陸上は自分たちを優勝チームとは考えていないと監督が声明を出し、世界大会への参加は辞退しました。同時に、優勝で得た賞金は、アンチ・ドーピングの啓発に使わせていただくことにしました。大虎選手が命を落としたのは不幸な結末でしたが、結果的に、ドーピングの怖さを世に知らしめることになったことは確かです。アテナ陸上は真っ向から彼らに反旗を翻し、充分に目的を達成したと言っていいでしょう」

史奈も頷いた。

「ハイパー・ウラマを推進する団体の目的が何なのか、まだ明確にはなっていませんが、今回は彼らの思い通りにはならなかった。でも、いずれ次があるかもしれません。引き続き、関係者の動向を探る必要があると思っています」

馬淵夫妻が、目を丸くして会話を聞いている。

「話には聞いていましたが、〈梟〉の里ではみんなそんな会話をされているのですか。なんだか――」

「みんなではないですけどね」

教授が苦笑とともに口を挟んだ。

「そうだ。馬淵さんと諏訪さんにお渡しするものがあります」

教授が合図すると、栗谷和也が頷き、鞄から小型のプラスチックボトルを二本出して、テーブルに載せた。

「これは、〈里〉にいたころ、一族のみんなが〈讃〉を唱えながら飲んでいた、井戸水です。お聞きになっているでしょうが、私たちの遺伝子は不安定で、時に〈シラカミ〉という病気を引き起こすことがあります。この水に含まれる成分が、それを予防してくれます」

馬淵夫妻が、こわごわとボトルを覗き込んでいる。

「〈里〉が消滅した後も、私たちは井戸から水を汲み、月に一度、一族に配ってきました。ですが、実はその井戸が先日、急に涸れてしまったので、今は保存していたものを配っています」

「その――水を飲まないと、〈シラカミ〉を発症するかもしれないんですか」

馬淵が言いながら、こらえかねたように一瞬、響子の髪に視線を走らせた。

「必ずではありませんし、全員がそうなるわけでもありません。〈シラカミ〉にもいろいろあって、私の妻のように全身の筋肉が硬直したようになり、身動きできなくなる者もいれば、諏訪さんのように限定的な人もいます」

「でも、それじゃ――」

「水がなくなったらどうするか、ですね」

教授が微笑む。

「私たちはその時のために、水に含まれる成分を研究し、薬効成分の特定にも成功しました。今は薬を開発し、治験を行っている段階です」

おお、と安堵のため息と喜びの声が漏れる中、教授は席につくみんなを見回した。

「この薬は、〈シラカミ〉を予防する効果があるだけではない。不安定な遺伝子が引き起こすあらゆる病気を防ぐことができるし、癌の治療薬としても期待できます」

なんとなく、教授が大事なことを明かそうとしている気がして、みんなしんとして耳を傾けている。

「それで今日は、〈ツキ〉にも来てもらった。私はこの薬を癌の治療薬としても申請し、承認を得る準備を進めています。厚生労働省だけではなく、ＦＤＡ――米国食品医薬品局にもね。米国での申請には、向こうにいる郷原さんが力を貸してくれています」

郷原とは、遥の父親だ。彼が米国で研究を続けているのは知っていたが、そんな形で一族に手を貸してくれていたとは。史奈は目を瞠った。

「同時にこの薬――ＯＷＬ０１を開発・販売する製薬会社を起ち上げ、薬の安定供給を目指します。もちろん、正当な利益も上げるつもりです。おそらく、莫大な利益が期待できます」

史奈、と教授がこちらに向き直ると、その真剣な表情に史奈も背筋を正した。

「君に黙っていてすまなかった。薬は完成しているんだ。薬効が明らかで副作用は少ない。患者の数は多い。日本人のふたりにひとりが癌になり、三人にひとりが癌で死ぬという時代だからね。この薬は早期に承認されるだろう。私たちはこの薬を、当初は〈シラカミ〉の予防薬として開発していたが、実際にはその期待をはるかに超える力を持っていた。この薬は私たち〈梟〉に大きな力を与えてくれると思う。資本主義の現代社会では、経済的基盤が確かでなければ無力だからね。これまで私たちは、適切なリーダーに仕えて力を発揮してきた。だがこれからは――」

「私たち自身の正しい目標のために力をふるうことができる」

史奈が答えると、教授が莞爾と笑った。

「その通りだ。私は君たち〈ツキ〉が、その力を正しく使ってくれると期待している」

四人の〈ツキ〉――史奈と容子、和也と武が、驚きとともに胸を張り、あるいは静かに頷き、あるいは荷の重さに慄いていると、明乃が身を乗り出した。

「素晴らしい話ですが、教授。そうなると、〈ツキ〉の役割が大きくなり、現在の〈ツキ〉で問題ないかどうか、一族への再確認が必要ではないでしょうか。いえ、主にうちの武が頼りないからですけど」

隣の息子を横目でじろりと睨むと、武がむしろホッとしたような顔をした。

「明乃さん、私は今のままでいいと思う。今の〈ツキ〉はみな年若いが、それは彼らに未来があるということだ。荷が重い部分は、私たちみんなでサポートしよう。じきに彼らも慣れるだろうし、だんだん経験を積んで私たちを超えていくさ」

そういうことなら、と明乃が顎を引き、教授に同意した。

――十條が教えてくれた通りだ。教授も母も、自分には想像もつかないほど偉大な人だった。

史奈が自分の役割について悶々（もんもん）と悩んでいる間に、彼らは一族が生きていく道を探り、これからの一族のあり方についても道を示してくれたのだ。

「もちろん、〈ツキ〉とはいえ君たちにも君たちの人生がある。一族のために夢を諦める必要はない。諒一君と容子君は、アテナ陸上部でアスリートの道を究めるんだろう？」

ふたりが頷く。容子は正式にアテナ陸上部と契約を結び、大学を卒業すれば所属選手となるそうだ。

「武君は就職が決まったと聞いた。史奈は大学に戻って――」

「そのことなんですが」

史奈は顔を上げた。

「私はしばらく、大学を休学して東京を離れるつもりです」

まだ誰にも相談すらしていなかった。

「どうして？」

「もともと、一族の古文書『梟』の文章は読み解いたので、意味を解き明かすために旅に出るつもりでしたが――。十條さんは、あれきり連絡が取れないんですね？」

教授と和也が、深刻な表情で頷く。

十條は、〈狗〉の長の葬儀に出ると言って旅立ったきり、連絡が取れなくなってしまった。もともと、〈狗〉の一族とは意見が異なり、裏切り者扱いされていると言っていただけに、心配しているのだ。

「〈狗〉の里の正確な場所はわかりませんが、丹後にあるとは聞いたことがあります。まずは里を探して、十條さんの無事を確認しようと思っています」

「いや、それなら十條君の指導教官でもある私が行くべきで――」

「いえ、丹後に別の用もあるので。『梟』によると、里に定着する前の一族は、複数の土地を転々としていたようです。『梟』に書かれている土地を逆にたどっていくことで、一族のルーツを知ることができるんじゃないかと考えています」

一族のルーツという言葉がその場にもたらした軽い衝撃と、微熱を帯びた興奮を感じ、史奈は皆を見回した。

「里が消滅し、一族の人口も減って、私たちは滅びゆく定めだと考えていました。でも、こうして馬淵さんや諏訪さんのような、過去に里を下りた一族の末裔に出会ってみると、考えていた以上に一族は多く生き残っているんじゃないかと期待が持てるようになりました。ハイパー・ウラマが一段落した今、一族のルーツをたどる旅に出るのもいいかと思って」

それに、口に出しては言わないが、今の東京が少々騒がしいという理由もあった。ハイパー・ウラマでアテナ陸上チームの一員として活躍した、ルナの正体を知りたがる人間が大勢いる。長栖兄妹にひけをとらない身体能力の持ち主だ。何かの競技の著名なアスリートではないかとも疑われたようだが、いくら探しても該当する選手が見当たらない。これまでどんな競技にも出場していない、素人の可能性が高いとわかると、各種の球技や陸上競技の団体が、勧誘したいとアテナ陸上競技部にまで問い合わせてくるようになった。

——しばらく都会を離れるのも、いいかもしれない。数か月もすれば、ハイパー・ウラマなど過去の話題になるだろう。みんながルナのことを忘れたころに戻ってくればいい。

旅の費用は、これまでに警備員のアルバイトで貯めたお金があるし、ハイパー・ウラマ優勝で、アテナからもらった謝礼もある。旅が長引いて資金が足りなくなれば、現地で働いてもいい。そう言えば、車の運転免許も今のうちに取っておきたいのだった。

「——なるほど。それで丹後の調査に行くついでに、十條君の様子を見てきてくれるのか。ひとりで行くのかい？」

「そのつもりです」

容子は卒業論文の作成中だし、じきアテナ陸上部との契約が本格的に動き出す。篠田は千葉に戻り、農業の勉強を続けている。大事なことだ。邪魔をしてはいけない。

教授は何も反論せず、気遣わしげに頷いた。どのみち何か言ったところで素直に従う娘でもない。二十歳にもなる〈梟〉なら、自分の頭で考え、善悪を判断し、率先して行動するのは当たり前だ。

「わかった。とにかく気をつけて行ってきてくれ。連絡を絶やさないようにね」

はい、と史奈は応じながら、教授はあまり表情に出さないが、十條が音信不通になってしまったことで、そうとう心配していたのだろうと悟った。〈梟〉と〈狗〉、異なる能力を持つ一族とはいえ、抱える事情は似たところがある。

「旅に出る前に、品川さんのお店に寄るつもりです」

これには諒一がすぐさま反応した。

「なんだよ、それなら俺たちも行く！　焼肉食べたい！」

品川選手の件は、ハイパー・ウラマに関係する唯一、明るい話題だ。

〈狗〉との試合で右足首を骨折し、競泳選手としての引退を宣言した品川は、その後、方喰記者のインタビューに応じ、二年前の「ドーピング事件」の真相を告白した。

つきあっていた彼女の責任を問われるのが嫌で、あえて真相を隠していたこと。相手の女性がかえって良心の呵責(かしゃく)を感じて、婚約を解消する結果になったこと。彼女に勧められたとは言え、ちゃんと確認せずに薬を口にした自分が悪かったと認識していること。ハイパー・ウラマに参加した際にも、ドーピングなどしておらず、ひそかに血液や尿のサンプルも提出して検査を受けていたこと。勝てばそれを明かすつもりだったが、結果的に初戦で敗退した上に大怪我を負い、引退を余儀なくされたこと。

インタビュー記事は好感を持って受け止められただけでなく、別れた元婚約者が記事を読んで連絡し、その後は復縁してふたりで焼肉店を経営している。ドーピング問題で四年の出場停止処分を受け、身の振り方を考えていた品川が、一年かけて準備を進めていたらしい。

「ハイパー・ウラマは何人かの人生を変えてしまったが、ひとりでもいいほうに変化した人がいたなら救われるね」

教授の言葉に、しばししんみりとする。

出水は〈梟〉を敵視していたし、大虎は敵側の傀儡だった。とはいえ、命を失うほどの悪事を働いたとも思えない。

──本当に悪い奴は、きっと別にいる。

いつか、その相手と雌雄を決する時が来るかもしれない。

だがそれは、今じゃない。

エピローグ

もう何度も来ているのに、見るたびに圧倒される。

――東京スカイツリー。

東京タワーは頂上まで登った。次はいつか、スカイツリーのてっぺんを目指す。そう心に誓ったものの、まだ登りきる自信がない。

六百三十四メートルの高さもさることながら、一番の問題は高さ三百五十メートルの第一展望台だ。近くで見てみないと確かなことは言えないが、遠目には手足を掛けられる場所がないように見える。

東京を離れる前に、とにかく第一展望台の構造を近くまで登って確認しておこうと考えた。栗谷和也の開発した、光学迷彩スーツも借りてきた。展望台の下までなら、史奈にとっては朝飯前だ。

まだ人の目がある。スカイツリータウンの屋上に出られるようになるまで、往来が絶えるのを待っていると、スマートフォンが震えた。篠田からだった。

「――はい」

『やあ。今ちょっと大丈夫かな』

「大丈夫」

『君がしばらく東京を離れて、一族のルーツを探る旅に出ると聞いたものだから。丹後で十條君を探すんだって？』

「――十條さん、ずっと連絡が取れないらしくて」

『うん。そうだってね。彼の無事はたしかに心配だが――〈狗〉の奴らと関わることになるだろう。それが気がかりなんだ』

「心配してくれてありがとう。だけど、充分注意して行くから」

『――そうだな』

篠田がため息をついた。

『ごめん。君が、俺なんかよりずっと腕が立って、頭がよくて敏捷だってことは充分わかってる。だけど、向こうは集団で、君はひとりだから心配なんだ。俺もついて行きたいけど、これからちょうど田んぼの刈り入れの時期だから』

「わかってる。篠田さん、私はそれほど無謀じゃないし、たったひとりで〈狗〉を敵に回したりしない。十條さんの状況を確認して、父さんに報告するつもり。できれば十條さんに、父さんに連絡するよう伝えたいの」

『そうだな――教授も心配だろうな』

篠田がまたため息をつく。

〈梟〉は、互いの力量を知っているから、ある意味、冷たいくらいに心配しない。あるいは、心配していても表面には出さない。それは相手の力量を信用していない、という意味にもなるから。だから、篠田のように心配してくれる恋人を持つのは、新鮮だ。

「大丈夫。ときどき電話するね。丹後は冬になると雪が積もるようだから、雪の季節の前に調査を済ませたくて。丹後以外にもあちこち足を伸ばすから、東京に戻るのは来年になるかもしれない」

『わかった。もし史奈が良ければ、冬になったら俺も合流したい。君たちのルーツには、とても興味があるから』

「うん。篠田さんの手が空いたら、連絡して。メール待ってる」

『わかった。史奈、くれぐれも気をつけて』

通話を終え、ふと史奈は微笑した。

篠田との会話はたいていこんな具合に終わる。「好きだよ」も「愛してるよ」もない。世間の恋人同士はそういう甘い言葉を囁きあうものらしいが、自分たちはめったに口にしない。

時に、篠田は頼りがいのある兄のようだと思うことがある。また篠田自身、史奈を年の離れた妹のように、大事にしてくれているようでもある。

――これは、本当に恋なんだろうか。

鍛錬には精通していても、恋愛に疎い史奈は、誰かに聞いてみたくなる。篠田といて感じるのは、地に足のついた力強さだ。決して浮ついた感覚はない。

「——まあ、いいか」

今はこんなふうに、つかず離れず、相手のことを思いやりつつ、自分の目標に向かって突き進みたい。そんな時期なのだ。

深夜になると、さすがに人通りが絶えた。史奈はゴーグルを掛け、ベルトのスイッチを入れて、姿を消した。

どこから登り始めるのが適切か、スカイツリータウンの施設の屋上に上がって確かめよう。第一展望台の下までとはいえ、広いし、高さもある。ひと晩中、かかるかもしれない。朝までスカイツリーと格闘するのも、上等じゃないか。

史奈の唇に微笑が上る。

挑戦こそ〈梟〉が愛するものだ。

——いつか必ず、頂上まで登ってみせるから。

だから今日のところはまず、一歩ずつ足元を固めるのだ。

史奈はスカイツリータウンから伸びる円柱を、ゆっくりと登り始めた。

本書は、「集英社文庫公式ｎｏｔｅ」二〇二三年十月～十一月に
配信されたものを加筆・修正したオリジナル文庫です。

福田和代の本

緑衣のメトセラ

高級老人ホームに併設された先進的な医療を研究している病院で、特殊なウイルス感染による不審死が発生した。ライターのアキがその闇に迫る……！　長編サイエンスサスペンス。

集英社文庫

福田和代の本

梟の一族

忍者の末裔にして、眠らない特殊体質を持つ〈梟〉の住む里が、一夜にして焼け落ちた。女子高生の史奈は、一族の生存を信じ、また、己のルーツを解き明かすため、独り襲撃者と戦う！

福田和代の本

梟の胎動

里を失って四年。東京の大学に通う史奈のもとに、ある競技の遺伝子ドーピングに関与した男を探って欲しいと、怪しい依頼が舞い込む。その裏で蠢く黒い影とは？　シリーズ第二巻。

集英社文庫

梟の好敵手

2023年11月25日　第1刷
2023年12月13日　第2刷

定価はカバーに表示してあります。

著　者　福田和代

発行者　樋口尚也

発行所　株式会社　集英社
東京都千代田区一ツ橋2-5-10　〒101-8050
電話　【編集部】03-3230-6095
【読者係】03-3230-6080
【販売部】03-3230-6393（書店専用）

印　刷　TOPPAN株式会社

製　本　TOPPAN株式会社

フォーマットデザイン　アリヤマデザインストア　　マークデザイン　居山浩二

ISBN978-4-08-744587-9 C0193